SATISFACTION

Nina Bouraoui est née en 1967 à Rennes. Elle est notamment l'autrice de *La Voyeuse interdite*, qui fut couronné du prix du Livre Inter 1991, de *Garçon manqué*, de *La Vie heureuse*, de *Mes mauvaises pensées* (prix Renaudot 2005), d'*Appelez-moi par mon prénom*, de *Standard*, de *Beaux rivages* et d'*Otages* (Prix Anaïs Nin 2020). Ses livres sont traduits dans le monde entier.

Paru au Livre de Poche :

BEAUX RIVAGES
GARÇON MANQUÉ
OTAGES
TOUS LES HOMMES DÉSIRENT NATURELLEMENT SAVOIR
LA VIE HEUREUSE

NINA BOURAOUI

Satisfaction

ROMAN

JC LATTÈS

ISBN : 978-2-253-93676-3 – 1re publication LGF

LES SEPT CARNETS DE MADAME AKLI

(Alger, 1977-1978)

I

L'air est si chaud, comme épais, qu'il semble apparaître sur les images de mon Polaroïd.

Un halo encercle les corps de ceux que je photographie : Erwan, mon fils, sa maigreur de faon avant la puissance virile qui la remplacera, ses cheveux bouclés, ses yeux noirs, son visage dans lequel je ne me reconnais pas, que je retrouve dans les traits de son père, Brahim. Tous deux regardent vers la droite. Ils fuient l'objectif. Ils s'échappent de moi, absorbés par l'arrière-plan : la mer pour Erwan, quand je reste sur la plage ; la rue pour Brahim, quand je le photographie depuis notre jardin.

Ils m'abandonnent et se retrouvent dans un espace imaginaire et réservé aux hommes.

J'ai composé le jardin en souvenir des atlas géographiques de mon enfance. Les cartes des océans étaient séparées par des posters de jardins exotiques que je collectionnais. Je rêvais d'une autre terre que la France, terre où je suis née, où j'ai grandi et où je ne vieillirai pas.

Je suis arrivée en Algérie en 1962, après l'Indépendance, pour suivre Brahim que je venais d'épouser.

L'Algérie est devenue mon pays. Il sera un jour mon tombeau ; à trente-huit ans, il est déjà celui de ma jeunesse.

Je me suis trompée de vie. Je ne veux pas y croire, mais je l'écris, ce qui est écrit est à demi écarté. Il existe une illusion des mots, du langage qui parvient à réparer, ou, quand elle n'y parvient pas, à transformer la réalité, nous consolant de nos défaites. J'attends un événement dont j'ignore la nature. Si j'étais honnête, je dirais que j'attends quelqu'un.

J'aime Brahim, mais je ne l'aime plus comme au premier jour, lorsque le sentiment amoureux prend tout, en soi et hors de soi, envahissant le lieu traversé, inversant le bruit en silence, l'habitude en fête, l'épreuve en communion. Je ne ressens plus l'entièreté de notre lien. J'ai honte d'écrire cela, ce qui justifie l'existence de ce carnet. La honte a une place, ici, qu'elle ne doit plus quitter.

Mes fleurs préférées sont les oiseaux de paradis. Derrière les voiles de la fenêtre de notre chambre, on dirait des enfants qui inclinent la tête, soit pour prier, soit pour recevoir une punition ; leur succèdent les plantes grasses, les arbres à palmes, les écorces filandreuses qui se transforment en lianes, les troncs résineux, les jasmins et les glycines, les mimosas, grappes de chair entre mes mains. La nature est d'une beauté triste, on ne peut l'admirer sans pleurer, on ne peut la gravir sans tomber. On dit qu'il y a encore du sang dans la terre et qu'il faudra une autre révolution pour la purifier. Je crois aux rondes de l'Histoire, à l'éternel retour de la folie des hommes.

J'ai un mauvais pressentiment, quelque chose va arriver, je ne sais pas si cette chose viendra de l'extérieur ou si je vais l'inventer, la générer, l'extraire de moi pour qu'elle contamine mon entourage. Le malheur surgit des scènes et des tableaux que je me représente. La nuit, j'ai la vision de nos trois corps pendus aux branches du chêne. J'ai peur pour mon fils. Je n'ai plus peur pour Brahim. Ma passion s'est déplacée.

Mon désir demeure parce qu'il ne se raccorde pas à notre relation. Il se dirige vers le corps de Brahim comme il pourrait se diriger vers n'importe quel corps tant je dois m'en délivrer. Mon désir me dépasse, me gouverne, il me rend mélancolique quand ma jouissance est inférieure à ce que j'en attendais.

Une odeur de feu monte depuis Alger au quartier d'Hydra où nous habitons. Des cendres recouvrent les capots des voitures. Le brasier tombe du ciel. La montagne brûle, un serpent rouge ondule sur les sommets de Chréa, un seul tesson suffit à embraser les arbres, les mousses, les fougères. À l'odeur de feu, se mélange celle du pétrole que les cargos transportent vers l'Europe. Je suis un point sur le continent africain, seule parmi les miens. Les corps ne sont plus rien engagés dans le paysage qui les contient et les menace.

Quand les Français ont quitté l'Algérie en bateau après la guerre, je suis arrivée par les airs en Caravelle.

Je devrais un jour m'acquitter de mon orgueil, de ma trahison. Mon être se diluait dans d'autres êtres qui n'auraient pas mon destin malgré notre terre que je découvrais et qu'ils laissaient sans pouvoir en garder une part qui aurait pu se transformer, grandir sous un autre ciel. Le ciel est unique, irremplaçable pour celui qui adore. L'adoration est celle d'une campagne, d'une forêt, d'un ruisseau, d'un rocher depuis lequel l'on a pris l'habitude de plonger croyant se mesurer à l'univers.

Ceux qui partaient étaient Algériens et non Français, aucun État ne le reconnaîtrait. Je me moquais de leur souffrance. La politique est source de division. Obsédée par une cause qui me dépassait, j'ignorais que la liberté n'était pas naturelle ; volée, elle doit se réapprendre. Je me tenais aux côtés de Brahim, de sa famille, de son peuple que j'embrassais comme il m'arrive d'embrasser le ventre de mon homme pour me rassurer quand je me sens orpheline de mon passé. La peau est l'endroit de ceux qui n'ont plus d'attache.

Ces « Français » d'Algérie sont prisonniers de la nostalgie. La mémoire est cruelle, consultée pour raviver ce qui est éteint, elle se dérobe avec les années, conduisant vers des maisons, des sentiers qui n'ont pas existé, celui qui mendie une trace de ce qu'il a été. Ils reçoivent la punition du souvenir quand moi je recevrais celle du commencement. La violence ne disparaît pas : à l'image des méduses, elle garde des filaments. Je suis devenue un colon de la seconde génération. Ici je ne serai pas aimée.

Je reste à la maison avec Erwan pendant les incendies. La route des plages est bordée de roseaux. Les marais sèchent aussitôt envahis par les pluies d'orage, je crains le piège du brasier et de ne pouvoir nous en échapper. Il faut attendre. Les feux s'arrêteront quand il n'y aura plus rien à consumer et que les pierres deviendront plus fortes que les flammes.

Brahim part tôt à quelques kilomètres d'Alger rejoindre son usine de papier, héritage familial qu'il s'est promis de garder en mémoire de ses parents. Quand j'entends le bruit du moteur de sa voiture en marche et sa portière claquer, je me demande ce que nous deviendrions s'il ne revenait pas, si j'aurais le courage de quitter notre lieu, de refaire ma vie. J'en doute. Les années assignent à résidence.

La chaleur a décalé la marche du temps, les secondes deviennent des minutes, les minutes deviennent des heures. Chaque geste est un embarras, fragmenté en une multitude de gestes invisibles. Aucun jeu ne parvient à distraire Erwan, ni les cartes, ni les dés, ni son circuit automobile dont il veut se défaire, le jugeant dépassé pour son âge, lui qui vient d'avoir dix ans. Je le charge de s'occuper des rougets, des écailles et de la farine, tâche qu'il aime accomplir, mais il refuse. L'odeur du sang le dégoûte. Nous laissons les poissons dans la glace.

La maison est l'enclos d'une chasse au trésor, nous y traquons l'ombre et la fraîcheur. Je suis rivée à mon carnet, Erwan traverse le salon pour rejoindre sa chambre, la quitte pour le garage et ses outils en vue de réparer un ventilateur remisé avec ce que je ne parviens pas à jeter – cartes de vœux, lettres de mes parents, de mon frère, factures, dessins des premières classes du cours élémentaire, électrophone, objets d'une vie entamée que je conserve pour ne pas faire mourir les miens, la petite enfance de mon garçon, l'espoir de danser avec Brahim comme à l'aune de notre histoire.

Aux heures hautes du soleil, le jardin est une serre qui pourrait nous engloutir et dévorer nos chairs, comme si les fleurs les plus délicates, les lilas, les troènes et celles qui ont poussé sans nom, mauvaises herbes, bourgeons dorés, velus, pousses piquantes, râpeuses avaient grandi sous l'influence de la chaleur.

Erwan en short bleu, torse nu. Chaque jour je découvre un nouveau muscle, assistant à son évolution, m'imaginant le jeune homme qu'il deviendra. Ses forces se concentrent sur ses épaules et sur son ventre contrastant avec les cuisses, les bras trop fins.

Croissance irrégulière qui n'aurait pas « traité » de la même façon les différentes parties du corps, débutant son travail par les zones de la puissance et du désir. La beauté de mon fils m'émeut, je perçois sa virilité en attente, transmise par Brahim et enveloppée d'une fragilité, héritage de ma nature féminine enfouie si l'on associe la fragilité à la féminité, ce qui est une erreur.

Nous nous éclaboussons avec le tuyau d'arrosage, un seau, des bombes à eau. Trempés, nous nous serrons l'un contre l'autre comme si nous étions les rescapés d'un événement qui aurait rasé les maisons, les immeubles, la ville, nous offrant la chance de survivre et la malchance de contempler le désastre.

Brahim n'est plus le père ni le mari, mais le travailleur hors de nos murs, affairé à son usine, nous contraignant pour la première fois à un été algérien.

D'habitude nous quittons Alger pour les grandes vacances, nous rendant à Paris pour voir mon frère puis j'accompagne Erwan chez mes parents au bord de la mer à Brest, avant de rejoindre Brahim dans une ville européenne de notre choix ; très vite mon fils me manque, l'obsession de l'Algérie me reprend comme si l'un et l'autre étaient liés et assuraient mon équilibre. L'été dernier, à Vienne, la ville se resserrait sur moi. Je devins pierre et façade, morceau de ciel et morceau de nuit, happée par les immeubles et les monuments, par les eaux sombres du Danube, par la campagne, par les saules pleureurs sous lesquels nous nous allongions, évitant de nous prendre la main, de nous enlacer. Nous étions devenus des inconnus.

Notre été s'organise entre la maison et les plages de la commune de Staoueli, à proximité. Si un accident arrivait, Brahim pourrait nous y rejoindre sans tarder. Nous vivons dans cette éventualité.

Je suis une exilée dans l'âme. Je n'ai pas été chassée de mon pays français, ni persécutée. Je me sens hors de quelque chose qui n'existe pas ou plus, envolée, évaporée, mais que je ressens et me représente comme un cercle, celui de mes souvenirs et de mes rêves de jeunesse. Il serait plus juste de nommer cet exil « l'abandon des espérances » si un exil de soi existe.

Le ciel est plombé par le feu qui pourrait descendre vers les villages et contaminer la totalité du pays. Les oueds, les pentes, les ravins et la mer nous protégeront, même si Hydra est en surplomb du port, des stations balnéaires laissées par les colons et dont on a gardé les infrastructures sans les entretenir. Par haine du passé, on a laissé le temps opérer son œuvre de démolition.

Depuis le toit, vue sur les jardins, les maisons des voisins que je salue par politesse. Je n'ai pas réussi à me lier d'amitié depuis que nous habitons le quartier. Les familles algériennes restent entre elles. Les couples mixtes sont mal vus. Les hommes algériens sont soupçonnés d'espionnage, de traîtrise, leurs femmes occidentales ont mauvaise réputation. Une légende ferait d'elles des objets sexuels. Les familles françaises ne se mélangent pas. En contrat de coopération, elles feignent d'habiter un département spécial de la métropole qu'elles quitteront sans l'avoir visité. La décolonisation que je compare à une décrue, l'eau se retirant de ce qu'elle a abîmé, est un processus dont il faut franchir les étapes dans l'ordre pour ne pas avoir à recommencer. Nos rares amis sont à l'origine ceux de Brahim.

Au-dessus des plus petits arbres du jardin, les figuiers, les néfliers, le palmier de Bou Saada. Juchés sur le toit, nous nous prenons pour des rois tandis que nous sommes menés par la brutalité du climat. Quand Brahim revient, je dois me refaire à lui, je perds vite l'habitude de sa voix, de sa peau. Erwan se précipite vers son père, saisit sa taille, ses mains, ses épaules et provoque un sentiment de jalousie et de doute. J'ai peur que ses journées avec moi ne lui paraissent ennuyeuses. Alger n'est pas une ville pour les enfants.

Les mains de Brahim sur mes hanches, sa chemise humide de sueur, sa barbe contre ma peau, ses cheveux épais, son nez busqué : je ressens l'évidence d'être mariée à un étranger et j'en tire une fierté comme si je bravais le danger, ce qui est une pensée raciste. Me considère-t-il comme la Française qu'il aurait ravie à sa famille – le trophée ? Ou l'amour efface-t-il les limites géographiques, les ambitions, le désir de vengeance et n'est, n'existe que parce qu'il doit être et exister, inscrit dans le destin de ceux qui se sont rencontrés ?

La nuit ouvre les lignes d'un pays que je préfère au pays du jour. L'alcool m'arrache à mon angoisse. Dès le premier verre un lac se forme à l'intérieur de moi, un lac comme il en existe au Canada, paisible, entouré d'une forêt d'érables. Le lac devient moi puis plus grand que moi, plus grand que la chaleur, plus grand que la ville d'Alger, plus grand que tout. Je sais contrôler mon ivresse, je la connais, elle est légère, je n'en puise que le meilleur. Mes gestes sont délicats, je construis du désir, un château de sable qui s'effondrera dès la première vague. Son effet atténué, je sais que je retrouverai ma gêne, mes cassures.

Dans nos baisers, le goût de la pastèque, du melon jaune, des fruits du jardin. Sur nos bouches, nos lèvres, nos langues, l'abondance du sucre.

Brahim assis sur l'escalier de la terrasse, Erwan allume les lanternes. Je ne sais pas si Brahim fait semblant, si c'est moi qu'il regarde quand je cueille des fleurs pour en faire un bouquet, s'il a compris que l'alcool me rapprochait de lui et si, avec son verre de whisky, il s'invente une vie, plus large, une femme plus joyeuse. Je m'en veux de ne plus être comme avant, mais avant quoi ? N'ai-je pas toujours été hantée par cette mélancolie que nul pays, nul voyage, nulle évasion ne saurait guérir, soigner ? Cette mélancolie m'aura conduite vers l'Algérie où le passé côtoie le présent, je pense aux vestiges romains qui la parsèment, aux ruines qui scellent le destin des hommes. La terre les attend, les reprendra.

Nous craignons que le vent du sud n'attise les flammes, n'éparpille les braises au pied de la montagne, ravageant les villages isolés comme pendant la guerre – hameaux dévastés par les soldats à la recherche de maquisards. Cette nature est tragique, vouée à la destruction. Au feu se relie mon désir. Son objet n'est pas le corps de Brahim, mais un corps qui passerait par son corps. Brahim est le support d'un autre, sa doublure. Mes sentiments sont en préparation, en répétition (comme au théâtre), je joue l'amour avant de le vivre, de l'occuper ; l'amour est un espace que j'ai quitté, qu'il me faut retrouver, que j'effleure avec Erwan, mais cet amour maternel ne remplace pas l'amour charnel. Ces deux amours sont distincts, parallèles.

La nuit est éclairée de l'intérieur par les flammes. Erwan court dans le jardin et chante *Up side down*, refrain du disque sur la platine et qui résume mon état d'esprit, même si la chanson évoque le trouble, l'attirance et les désordres qu'elle commet. Je traverse des hauts et des bas sans m'arrêter ni au sommet de la crête ni à la racine des choses qui me hantent.

Brahim, ses épaules, sa façon de regarder son fils, de fumer sa cigarette, sa nuque, ses cuisses fortes, le pantalon beige, les pieds nus dans les mocassins, son élégance et la patience d'un homme qui ne me reproche rien, demande si peu.

Presser les citrons, les oranges comme je presse ma frustration. Les années passent, je les regarde passer. Je tiens mon rôle de mère, d'épouse. Je traverse les saisons, statique, quand les oiseaux migrent au sud du continent. J'aimerais travailler, j'ai une formation d'institutrice, mais refuse d'intégrer l'école d'Erwan et d'exercer une autorité sur mon fils, celle du professeur qui apprend, éduque alors que j'exerce celle d'une mère. Il y aurait une prise de pouvoir, d'un espace à l'autre, de l'école à la maison, une saturation. J'ai peur de faire honte à Erwan.

Dans ce carnet je peux écrire que je ne me plais pas. Je n'évoque pas la beauté, je ne pense pas être laide, la laideur n'existe pas, il y a toujours quelque chose à prendre d'un visage, d'un corps. Je suis fière du mien, il est fin, élancé. Ce que j'entends par « je ne me plais pas » c'est « je ne me connais pas ». Je n'ai pas découvert ma féminité, malgré ma sexualité, mon accouchement, que les femmes comparent à une révélation. Je n'ai rien éprouvé de la sorte sinon la sensation d'être un corps machine qui se délivre d'une entrave, cela ne m'a pas empêchée d'aimer mon fils, d'un amour jaloux, exclusif, j'ai souffert de lui, il me revient, il m'appartient.

Mon désir est une force. Les hommes sont obsédés par cette délivrance. Je fais jouir Brahim puis je jouis de sa jouissance et non l'inverse.

Quand je me regarde dans le miroir je perçois la possibilité de ma féminité, il suffirait de me maquiller, de changer de coiffure, de vêtements, pour la révéler. Les hommes de la rue m'obligent à la discrétion, mes chemises, mes pantalons, mes jupes longues ne suscitent pas la convoitise. Je fais des efforts pour Brahim quand il rentre de voyage. Je l'accueille, apprêtée, comme si je l'attendais, comme s'il m'avait manqué, ce qui arrive de moins en moins, éprouvant une tranquillité quand je suis seule avec Erwan ; des efforts quand nous recevons nos amis, ses collègues de travail, retrouvant une peau que je ne connais pas et qui ne demande qu'à régner. Il faut du temps pour s'apprendre, se reconnaître. J'ai grandi auprès d'un frère, je grandis encore auprès d'un fils, d'un mari, dans Alger, capitale virile. Il manque une femme à mes côtés.

Brahim dit aimer ma beauté discrète dont il saisit l'éclat quand son visage se penche sur mon visage, que son corps recouvre mon corps, mon esprit me conduit vers un autre tableau, vers d'autres jeux, me servant de sa chair. Ma culpabilité malgré ma fidélité. Peut-on aimer sans amour ? Je cherche un cadre à notre sensualité, notre chambre est aussi étroite que la chambre de mon cœur, j'ai tant à connaître, tant à donner.

Je me demande ce que Brahim penserait de moi s'il lisait mon carnet. Il serait triste d'y apprendre ma souffrance au cœur de ce pays que nous appelions l'Eldorado Étoilé. Il ne serait pas étonné de ma dépendance aux mots. « Les femmes ont besoin de se raconter des histoires. » Il ne s'y reconnaîtrait pas. J'aurais préféré tout inventer.

Sur l'escalier de la terrasse de notre maison, contre Brahim qui passe son bras autour de mes épaules, nous sommes deux et je me sens une, emportée par mon imagination en dehors du jardin, dans la rue non en direction de la ville, du port, mais à l'opposé, vers le haut. Je monte, les yeux fermés, sous une pluie de cendres. À la fin de mon ascension, il y a ce bâtiment massif, moderne, construit en arc de cercle qui s'oppose aux résidences habituelles, petites maisons blanches aux citronniers, aux orangers, aux glycines, dont les bougainvilliers débordent des murs, langues mauves, roses, rouges.

Le bâtiment est rétif à la nature qui est écartée de ses pilotis, de ses balcons, de ses deux façades dont l'une est trouée de meurtrières. L'immeuble Shell perce le ciel et tout de lui a été construit pour nous gouverner. Il est magnétique, m'attire, mais il faudrait être fou pour y vivre, l'habiter.

Le vin, la légèreté du corps, le souffle de Brahim, Erwan disparaît dans le jardin, assis sous le palmier, il devient un élément du décor, un végétal, sa chair greffée à la terre, aux branches, il nous observe. Par le regard de mon fils, je suis, j'existe, mon sang pulse avec la sève des plantes grasses qui étirent leurs racines et s'abreuvent d'eau profonde, de glaise.

Écraser des fraises, des framboises, les agencer dans des bacs à glaçons, une heure suffit à les givrer. Erwan est excité par la nuit qui nous enveloppe. L'enfance heureuse de notre garçon nous fait éprouver un bonheur par procuration.

Le bruit des sirènes de police qui montent depuis le centre d'Alger fait revenir les visions de chairs meurtries, de gorge, de ventre, de poitrine que l'on a ouverte au couteau, visages tailladés, brûlés à l'acide comme on le raconte ici, des femmes que l'on punit, défigure. J'imagine des bagarres, des rixes, dans les tranchées de la Casbah, visions de haches de boucher, de rasoirs de coiffeur, de poignards aux manches incrustés d'or, de rubis, de diamants, armes des contes orientaux dont je parcours les livrets illustrés avec Erwan, comme si la violence était une histoire.

L'effet de l'alcool forme des strates qui se superposent dans mon esprit.

Strate de mon fils courant de sa chambre au jardin, m'obligeant à m'interroger sur son avenir : devrais-je l'envoyer en France quand il sera en âge d'entrer à l'université ? Quelle nationalité devra-t-il choisir pour son service militaire ? Quel avenir ce pays lui réserve-t-il ? Et comment vivre un jour sans lui ? Erwan, mon amour.

Strate de Brahim, désir de ses mains, de son ventre. Comment lui confier ma mélancolie sans le blesser ?

Strate de la France, pays que j'ai perdu, me sentant, dans mon sang, devenir une citoyenne algérienne, absorbée par la ville.

Strate de la peur, non des hommes, non de la nature, non du gouvernement, non de la mémoire de l'histoire, mais de moi qui m'égare.

Brahim me confie qu'un poste de bibliothécaire va se libérer au lycée français. Il faut attendre l'arrivée du nouvel attaché culturel. Si je le souhaite, il parlera pour moi. J'accepte sa proposition, promets d'être patiente. Brahim vend du papier au lycée, papier blanc, carbone, papier dit « technologique » fin et trempé d'un liquide qui fait virer l'encre noire en encre mauve. Le lycée français est un refuge : architecture mauresque, palmiers, bananiers, souterrains qui mènent aux quais d'Alger pour partir par les combles de la terre. Je m'imagine parmi les livres et dans la fuite.

Nos soirées d'été s'achèvent toujours de la même façon, Erwan s'endort sur mes genoux, Brahim le prend dans ses bras, l'emmène dans sa chambre, le couche, l'embrasse, branche sa veilleuse phosphorescente, laisse la porte entrouverte, reviendra le voir une, deux, trois fois, débouchera une autre bouteille de vin. Je reste dans le jardin. Je ne regarde plus le ciel, c'est le ciel qui me regarde, lui sait que je fais semblant. Les palmes des arbres du Sud plient comme si elles étaient articulées par un mécanisme qui se serait mis en marche en dehors de notre maison, que nous ne contrôlons pas ; ordre divin auquel les éléments obéissent, auquel nous obéissons.

Nos voix s'enroulent sans se répondre, nous avons une histoire à raconter sans nous apercevoir qu'elles n'auront aucun point de croisement, que nous ne nous retrouverons pas dans le récit de notre journée, dans le récit de nos doutes, de nos réflexions. Nous sommes deux coureurs qui se tournent le dos, tendus vers un but différent.

Le corps nu de Brahim. Je ferme les yeux. J'invente *un* et *une* autre. Je pense à une femme à la place de Brahim. Je n'éprouve pas de désir pour les femmes, pas d'excitation. Cette pensée est un dédoublement, je m'entraperçois dans l'image que j'invente, je reconnais ma silhouette, non mon visage. Le vin trouble mon sang et mon attention. Le plaisir arrive et s'efface. Je n'en garde rien, demeure la conscience du jardin derrière les voiles de la fenêtre de la chambre, des plantes qui grandissent, se chevauchent. Sur la table de chevet un galet gris serti d'un cercle blanc, seconde version de la pierre qui repousse en elle-même, change de teinte, renaît. J'espère devenir une autre à partir de moi.

Ce matin, sur la route des plages, un homme nous a suivis, Erwan et moi. Je ne sais pas s'il nous attendait devant la maison ou si notre route a croisé la sienne par hasard, je n'ai rien vu d'anormal en sortant du garage, mais je n'en suis pas sûre, nous sommes si impliqués dans une multitude d'habitudes, de gestes, que cette multitude nous fait mal voir ou pas assez voir ce qui entoure, ce qui a changé. Je l'ai repéré à partir de la voie rapide. Je n'ai rien dit à Erwan.

Plus tôt, à la boulangerie de la place d'Hydra, nous avons acheté des Cocas (chaussons aux tomates, courgettes, oignons). Nous avons quitté les hauteurs pour la mer. La montagne avait cessé de flamber.

L'homme conduit une petite voiture, une R8 blanche, en mauvais état. Il lui arrive de nous doubler, de nous regarder puis de se rabattre, m'obligeant à freiner. Puis il n'avance plus, se laisse dépasser.

Je baisse les vitres de la voiture, il fait si chaud. Erwan se tient à l'arrière dans une étrange position, assis sur le bord de la banquette, collé à mon siège, son bras autour de mon cou. Il semble inquiet, comme si j'allais me séparer de lui, comme si nous étions dans une fusée dont l'avant se détacherait du reste de l'engin une fois propulsé vers l'espace.

En quittant la voie rapide pour le chemin des roseaux, l'homme disparaît.

La route se resserre. Je remonte les vitres, les feuillages pourraient nous griffer.

L'odeur des marais, les salins, de la terre après le feu, les cendres et la boue, le sifflet de l'air dans les roseaux qui encerclent l'antre végétal.

Je me gare sur le parking de la plage de Zeralda. Nous déchargeons la voiture, Erwan s'occupe du parasol, du ballon, des serviettes de bain, moi de la glacière, de ce que nous avons acheté place d'Hydra.

Le goudron brûlant sous nos pieds, une odeur de paille, de poulailler.

Erwan retire ses sandales, abandonne les affaires, se déshabille, court vers l'eau, plonge. Je rassemble ses vêtements, ouvre le parasol, déplie les serviettes de bain que je cale avec des pierres, le vent se lève.

J'ai du sable dans les yeux, je ne reconnais pas l'homme qui nous a suivis. Il se tient au sommet de la plage. Il est une ombre que la lumière ne parvient pas à transpercer.

Erwan disparaît sous les vagues, en surgit, démon des profondeurs, heureux, il sait que je l'admire. Mon fils est un bon nageur, intrépide dans l'eau, sa maigreur devenue une force lui donne de l'audace, de l'agilité.

Des femmes algériennes ont fabriqué un abri avec quatre bâtons et une couverture. Serrées les unes contre les autres, leurs rires se mêlent au son des vagues quand elles se forment, gonflent, se brisent.

Tantes, sœurs, mères, elles parlent une main sur la bouche pour cacher le venin des mots, évoquant sans doute la *roumia*, l'étrangère, que je suis et l'image de *mesquina,* la misérable, que je leur renvoie, moi la femme seule avec un enfant.

La mer est agitée, je surveille Erwan, je sens une présence dans mon dos. Je ne dois pas me retourner, sinon un événement se produira. Assise, les genoux ramenés contre ma poitrine, je me tiens prête à bondir, à sauver mon fils des remous.

Les femmes algériennes ne me regardent plus, Brahim me manque. Malmenée par la violence des vagues, par les tourbillons de sable, je me sens démunie contre les adversaires que je m'invente.

Je porte un maillot de bain une pièce de couleur noire, des lunettes de soleil qui couvrent mon visage, ma peau est parsemée de taches de rousseur. Je me sens différente des femmes d'ici.

Erwan sort de l'eau, il court vers moi et regarde au-delà de moi, tiré par une laisse qui l'attacherait, dans mon imagination, à un arbre, une main. Il s'arrête à ma hauteur, les poings serrés, épuisé par le courant. Il regarde encore après moi puis m'interroge sur l'origine du sable. J'évoque l'érosion, la poussière, les particules, tentant de cacher mon trouble. L'homme vient s'asseoir près de nous.

Les vagues projettent des centaines d'anémones sur le sable. Plus tard, l'odeur de leur dépouille s'ajoutera à l'odeur nauséabonde du parking. Le vent a chassé les femmes algériennes, les traces des bâtons qui ont servi à tendre la couverture disparaîtront, à l'image de nos corps luttant contre les éléments. Les rouleaux charrient du gravier transparent, marron, blanc, gris, cristaux d'une pierre précieuse que l'on aurait fracassée sur un autre continent. Tout revient à la mer, les gemmes, les anémones, nos cadavres un jour si le conducteur a l'intention de nous tuer.

L'homme, en appui sur ses coudes, les jambes croisées porte un pantalon en flanelle, une chemisette blanche, des chaussures de cuir. Je reconnais la tenue des gardiens des administrations d'État. Il se lève, je me rapproche d'Erwan qui ne sait ni ma crainte, ni le manège du conducteur, crainte et manège peut-être fantasmés puisque l'homme retire ses chaussures, ses chaussettes, marche vers le rivage. Il se tient face aux vagues aussi hautes que le mur qui sépare le jardin de notre maison de la rue. Il se retourne, nous regarde avec insistance, fierté. Son attitude est celle du chasseur envers sa proie, celle de celui qui a été humilié et qui se vengera. L'homme sait que j'ai compris ; comme sur la route, il me lance un défi. Je ne peux pas quitter la plage, il nous rattraperait, nous pousserait vers les marais. Ses chaussures à la main, son pantalon relevé aux genoux, nous sommes sa cible figée dans son axe.

Un rond de lumière sautille sur le sable. Je pense à la nuit des feux, à Brahim. Ma tristesse se déverse comme un liquide, je la sens couler de ma chair. La nature a passé un accord avec elle, me l'injectant puis la reprenant dès que je ne peux plus la contenir, débordée par les vertiges qu'elle provoque. Hors de moi, elle rejoint la terre, la mer, avant de revenir à ma peau.

Le rond de lumière se pose sur la jambe droite d'Erwan, puis gauche, j'ignore le support sur lequel le soleil se réfléchit. Il se pose sur ma cuisse, mon ventre. Télécommandé, il ne parvient pas à se fixer sur l'objet qu'il vise, gêné par le vent ou par la maladresse de celui qui le porte vers nous en signe d'avertissement.

L'homme s'avance, le rond provient du cadran de sa montre, je ne sais pas s'il s'en est aperçu, s'il le fait exprès ou si la lumière, ses éclats, se dressent eux aussi contre moi, augmentant la tension dramatique de la scène, des « personnages » : le conducteur, la plage balayée par la tempête, la mer en furie, Erwan qui ne saisit pas la gravité de ce qui est en train peut-être de se jouer. J'ai la lâcheté de penser que mon enfant me protégera, forcera l'homme à passer son chemin.

L'homme sourit à Erwan et s'adresse à moi : *la takhfou*, « N'aie pas peur ». Sur son badge, accroché à la poche de sa chemisette, son nom et son prénom écrits en arabe. Je ne reconnais pas le sigle de la société qui l'emploie, je reconnais son visage sur la photographie, visage que je me promets de ne pas oublier comme si l'homme m'avait battue, blessée, ce qui n'est pas le cas. Il s'éloigne, gravit la dune qui sépare la plage du parking, ne nous regarde plus, j'entends le moteur de sa voiture. Je rassemble nos affaires, la plage devient un lieu maléfique qu'il faut quitter.

Erwan endormi, assommé par la force des vagues, le souffle du vent, les spirales de sable. La route des roseaux s'est élargie, la chaleur a comme dilaté l'espace. J'imagine le conducteur caché dans les marais, nous tendant un piège, une serpette à la main qui l'aura aidé à se frayer un passage parmi les branches.

La takhfou : message prophétique. Lisant dans mon avenir, l'homme m'ordonnait d'affronter mes ténèbres.

Le marchand ambulant de Zeralda attend les clients sur la route des roseaux. À l'abri de la tempête, un enfant vend des moineaux en cage à ses côtés. Misère des habitants, paysans ou citadins, le pays est passé d'une main à une autre, comme l'on s'échange des cartes à jouer. La tristesse de la nature, miroir de la tristesse économique, les arbres, les fleurs et la lumière pleurant les hommes abandonnés à leur sort.

Je me demande où se dirige la foule qui se déplace de la zone portuaire au centre, du centre aux quartiers extérieurs, s'il existe un endroit qui arrêterait l'errance. La mer n'est pas un lieu de plaisir, elle est celui des embarcations, de la fuite vers le large et les récifs espagnols. Nous sommes promis à une seconde guerre dont les soldats œuvrent en secret. Le pays est composé de deux mondes, le visible et l'invisible, sous-bassement symbolique d'un territoire clandestin qui se construit, émergera, détruira.

Sur le radiocassette, *Yellow Submarine* des Beatles, Erwan est réveillé. L'enfance embrasse le bonheur. Nous chantons à tue-tête, engagés, après la fusée, dans le sous-marin jaune.

Je pense souvent à ce qu'il restera, à ce qu'Erwan gardera de moi, de son enfance, j'aimerais saisir, révéler ses sensations sur la pellicule photographique, graver nos instants, craignant que l'amour ne disparaisse avec les souvenirs, graver l'odeur du jasmin quand nous nous approchons de notre maison, odeur de la stabilité du lieu intérieur malgré les désordres de mon cœur, contre la violence extérieure, réelle ou imaginaire, de la mer, des hommes. J'aimerais protéger mon fils de nos années soixante-dix, de la marche de l'histoire algérienne vers le chaos.

Les grains de grenade et les amandes fraîches.
La découpe dentelée des rochers.
Les marécages et l'odeur animale.
L'homme, l'inconnu, l'adversaire.
La musique châabi échappée d'une maison.
Le bruit du portail du jardin quand Brahim est de retour.
La couleur du papier polaroïd qui se métamorphose.
L'appel à la prière du Muezzin.
Le cliquetis de la caméra super 8.
Le vent dans les voilages.
Les bouquets de thym, *zaatar*, et de coriandre, *kazbira*.

Je pourrais dérouler à l'infini ce que mon esprit happe, importe, du réel à mon inconscient. Je suis criblée par l'espace, les objets, les bruits. Tout m'impacte. Mon esprit fonctionne tels les fragments de couleur d'un kaléidoscope. Il change, selon l'orientation que je lui donne. Je rêve d'une lumière blanche qui me renverrait un paysage sans trace de pas, sans présence humaine.

Mains nues, j'ajuste les plantes, les pousses, les germes, je crois au magnétisme de la terre, à l'influence du ciel, élément du décor que j'admire au petit matin et auquel je me soumets à la nuit tombée.

Le soleil a changé ma peau, multiplié mes taches de rousseur, les brunissant, peau lavée de la mer, du vent, du sable, de l'homme qui nous a suivis, épiés. Je lui en veux de m'avoir fait peur sur la route des roseaux sauvages, route intérieure et creusée au cœur des marais, jusqu'aux portes d'Alger, croyant le reconnaître à chaque coin de rue. La ville avait pris les traits de son visage.

Brahim a rapporté de l'alfa, plante du désert qui sert à la fabrication du papier. L'alfa est sèche, coupante à l'image de mes notes prises ce soir, assise sur une marche de l'escalier de la terrasse, en robe transparente, de couleur chair, un verre de vin près de moi, tentant de fixer la vie qui passe. J'aimerais rassembler les détails de notre existence dans mes carnets ; ainsi nous ne mourrons pas.

Erwan joue avec un plumeau acheté au bord de la route de Koléa au commencement de l'été. Il court dans le jardin, brandissant la tige comme il brandirait une lance, membre d'une tribu à l'assaut des ombres et des nuages. Les omoplates de mon fils, des ailes qui le propulsent dans sa course. Le mois d'août s'éteint, la torpeur reste.

Je plante l'alfa au pied du palmier, espérant la voir grandir, se transformer en arbre dont chaque fleur serait un souvenir de nous trois.

Alger la triste.

Au cœur de la région de Palestro, peu après l'Indépendance, je fus frappée par la beauté des champs, des roches géantes, par le tapis de boutons d'or, d'asphodèles, par les rangées de jonquilles, de pâquerettes, par le jaune des fleurs comme si elles étaient allumées de soleil, par les cris terrifiants des singes, témoins des massacres, émue, aussi, par l'impuissance des animaux privés du langage, de la narration.

Je n'évoque pas l'histoire de l'homme qui nous a suivis, je crains la réaction de Brahim, ses mots. Il lui arrive de détester les siens, de ne plus se reconnaître dans ceux qu'il croyait être ses frères et de proférer des insultes racistes à leur encontre, insultes dont il fut victime pendant l'Algérie française ; j'y vois une détestation interne, personnelle, projetée sur l'autre, les autres, se délestant, pour ne pas anéantir ce qu'il a bâti avec son fils et moi.

Sur le ventre, le dos, les corps tendus, écartés, humides, les muscles gonflés par l'effort, le désir, par la tension des membres qui cherchent à s'imbriquer, à se séparer, par la confusion des souffles, des cheveux, des peaux, des chairs. On pourrait croire que nous nous affrontons, que l'un de nous doit abandonner sa place, une seule entité ne pouvant subsister dans le conflit, entité qui doit vaincre. Je pense à la mante religieuse qui assassine celui qu'elle a choisi, je pense aux chiens luttant à coup de crocs, plantés dans le cou, la nuque, le flanc. Le combat que nous menons dans notre chambre est celui de la jouissance que nous implorons pour nous délivrer de la chaleur, de l'ennui, de la défaite de la parole.

Nos baisers sans tendresse remplacent les mots. Il m'est impossible de dire « je ne t'aime plus », comme il me serait impossible de quitter Brahim, de partir avec mon fils, de laisser son père au pays de la tristesse, d'apprendre une autre ville avec d'autres hommes et d'autres femmes. Je suis condamnée à rester ou je me condamne à rester, manquant de courage et d'imagination. Je ne saurais où me rendre après ici.

Au sommet des murs des maisons voisines, des morceaux de verre pour repousser les voleurs. Une milice patrouille dans le quartier. Des hommes, au nombre de cinq, *khamsa*, à l'image des cinq doigts de la main, s'introduiraient dans les propriétés pour espionner, fouiller. J'ignore s'il faut croire la rumeur, mais je sais que le feu s'annonce par les braises.

L'orage a trempé la terre, j'entends le froissement des fleurs qui s'ouvrent gavées de pluie, les cris des oiseaux excités par les éclairs de la nuit. Les larves, les insectes grouillent et se confondent, j'imagine leur langage secret, le pacte, la puissance. La terre vit, déborde, grandit. Elle renaît, se nourrit de ses pousses, de ses écorces, de ses débris. Elle sent, empeste, ravit, enivre. Elle rend fou, folle, dépendant. Elle avalera ma peau, mes organes, ma poudre. Elle est indifférente, autonome, désordonnée. Elle survivra à notre violence. Elle chante, gesticule, s'ouvre et se ferme, coule en sève, en résine. Elle brille par photosynthèse, se transforme, revient, neuve et luisante. La terre jouit quand moi je pense à la mort de l'été.

Je monte avec Erwan quartier Paradou, une gazelle de Thomson y est enfermée depuis plusieurs mois dans un enclos. Erwan se plaque contre le grillage, l'animal s'en écarte, baisse la tête. Je photographie mon fils, ses bras sont croisés contre son torse. Il porte un tee-shirt à rayures rouges, un short blanc, des espadrilles. Son regard est celui de l'homme de la plage, il me défie. Dans l'objectif, deux animaux sont enfermés dans leur enclos, celui du Paradou pour la gazelle, celui de mon être pour mon fils. Je suis sa cage. Ce ne sont plus les traits de Brahim dans son visage qui apparaissent sur le papier. Spectrale au début de l'impression puis saturée, y surgit ma peur.

II

Premier jour de l'année scolaire. Brahim accompagne notre fils à l'école du petit Hydra. Erwan fait signe de la main sans me regarder. En chemise de nuit sur le perron, pieds nus, je les observe s'éloigner en voiture. Ils disparaissent après le virage, s'évaporent dans la ville. Livrée au labyrinthe de la maison, je reviens à ma première solitude, la vraie, l'étourdissante, celle dissoute par les vacances.

Derrière les voiles de la chambre, les branches des arbres sont des bras tendus, des griffes de sorcière. Je pense à la milice et je me demande ce que ses hommes pourraient trouver en ce lieu clos. L'été reprend, repoussant l'automne, saison brune, rouge, mordorée qui prépare le houx, les chardons, les noisettes, les sentiers des sangliers.

Dans la chambre de mon fils : son drap, l'oreiller, son odeur, ses vêtements, ses jouets, les cahiers sur son bureau. L'enfance a l'odeur des champs de blé. Je suis ivre d'Erwan. Je l'imagine dans la cour attendant l'appel de son nom, cartable sur les épaules, short et chaussettes hautes, chemise en denim, sa médaille de la Vierge contre sa peau ; je ne crois pas en Dieu, mais, superstitieuse, je prie contre le mal. Mes prières s'adressent à une force supérieure qui serait la nature du jardin, nature choisie, construite, même si elle m'échappe comme l'espace de notre demeure à présent trop grand, glacial.

Pink Floyd, *The Wall.* Je danse, électrisée. Je veux ma révolution, déplacer mes cellules, faire claquer mes os, tourner mon sang, changer mon visage. Je veux ma jeunesse. J'attends quelqu'un, l'inconnu. Je crois en la préhistoire d'une histoire, à ce qui existe avant d'exister, à l'empreinte des pas inaccomplis dont le chemin est tracé, réservé. Prise par la musique, en sueur, je me sens un peu sale de la jouissance de Brahim. Nous sommes uniques et nous ne sommes rien. *We don't need no education, we don't need no thought control.*

Je me sens épiée par une masse, l'essaim, je me sens coupable, jugée et pourtant je suis innocente. L'écriture est le filet qui me récupère, moi, qui sans cesse lâche le trapèze, me mesure au vide, certaine de pouvoir planer au-dessus de la ville et de ma famille sans m'écraser, me blesser. Désir de donner mon carnet, d'être lue des miens, d'être délivrée par leur jugement, punie et lavée de mes pensées.

Le lilas emmêlé asphyxie, il faudrait le défaire, je crains de briser son système, ce qu'il a mis en place, inventé, pour diffuser les effluves, l'essence de son parfum, le tournis qu'il procure, son obsession. La dalle chaude de notre terrasse sous mes pieds nus, je suis amoureuse de mon jardin. Mon corps est sans le corps de Brahim, sans sa main autour de ma taille, sur mon ventre, mes épaules, avec cependant la certitude que l'on saisit ma taille, mon ventre, mes épaules. Sous les palmes de l'arbre de Bou Saada je prends le soleil, filtré, strié, comme détourné de sa trajectoire.

Imaginer Erwan est mon obsession ; si je lève les yeux vers le nuage qui passe, mon regard rejoindra peut-être le regard de mon fils, levant à son tour la tête de son pupitre et regardant par la fenêtre de sa classe, étonné que le ciel s'assombrisse. Une année, un avion a lancé des tracts publicitaires, les enfants couraient après les morceaux de papier triangulaires croyant qu'on leur distribuait des billets de banque.

Souvenir de Paris, d'une promenade avec mon frère, d'une robe à fleurs, de mes chaussures rouges à talons, de l'euphorie retrouvée de marcher sans but, dans les rues de la ville, sans craindre un crachat, une parole, un regard. Je recouvrais ma féminité, mais ne pouvais totalement en profiter, en présence de mon frère qui m'accompagnait sans se douter de ce que je pouvais ressentir, sans connaître la valeur de ce que j'étais en train de gagner et que je perdrais aussitôt dans le vol Air Algérie qui me reconduirait vers mon existence « neutre ». Cachée derrière mes lunettes, mes chapeaux, mes vêtements amples, ici je ne suis pas une femme et je ne profite pas des avantages des hommes, de leur pouvoir sur les êtres, les choses. Ils occupent la ville et même la nature, complice, tend des pièges, malgré sa grandeur, sa beauté. Au rocher de Bérard, des hommes se cachent derrière les buissons pour regarder les rares femmes offrant un tableau étrange, décalé : eux hypnotisés par la scène, elles, inconscientes et aux prises avec la mer – bien souvent, elles ne savent pas nager.

La nudité des femmes est l'offrande, il n'y a pas de corps libre. Marcher dans Alger revient à s'engager vers le désir des hommes, à le provoquer.

Dans le jardin en chemise de nuit je me demande ce que je pourrais raconter si les hommes de la milice venaient m'interroger au sujet des bouteilles d'alcool stockées dans le garage, des verres qui traînent sur les escaliers de la terrasse, des cendriers remplis, traces d'une fête nocturne, du plaisir (fabriqué), si rare ici ; je protégerais Brahim, évoquerais mon ivresse solitaire, me ferais passer pour une femme à la dérive qu'il faudrait punir pour qu'elle se reprenne.

Je passe plus de temps à imaginer une vie au lieu de vivre la mienne. Erwan me manque, inclus dans une histoire qui n'est plus celle de ses parents, mais celle de l'écolier qui va apprendre, étudier, s'amuser. J'envie son enfance, me rappelant la mienne par bribes d'odeur, de couleur, de voix devenues irréelles ; ici, j'ai brouillé mon passé, mes souvenirs. Les années qui passent me font l'effet d'un tamis percé qui ne retiendrait ni l'or ni la pierre.

L'alcool vient le soir, mes jours sont destinés à l'ordre des plantes, la cuisson des mets, les tâches ménagères – briquer consiste à chasser mes ombres. Je me concentre sur les dalles de la terrasse, le carrelage des chambres, du salon, de la cuisine, lavant, grattant, rinçant, espérant nettoyer mon ennui et devenir une autre, une femme courant vers son homme, heureuse, offerte. Le bonheur est telle l'intelligence, il ne s'apprend pas, ne se gagne pas, il y a une prédisposition à la félicité comme il y a une prédisposition à la puissance des idées. Ma zone est sombre et le soleil tape contre ma nuque.

Je nettoie mon corps sans le toucher, me lavant, brutale, au gant – il serait facile de me donner du plaisir, mais l'image d'Erwan m'entrave. Minutie du geste qui retire les scories, les surplus de peau, d'ongle, de sourcils ; mon maquillage est léger, mes lunettes cacheront mon visage. Je m'applique pour mon fils, Brahim pensera que j'ai fait un effort pour lui plaire, il se trompera, je ne le contredirai pas.

Le corps qu'il faut soigner, comme s'il était en péril. Le corps qu'il faut vêtir : je choisis une robe en toile de couleur beige, un foulard clair, des sandales, trois bracelets fins et dorés. Le corps qu'il faut parfumer. J'ai rendez-vous. Les gestes d'usage communs aux femmes. De quelle image sommes-nous esclaves ? Celle que je me renvoie est difficile à regarder.

J'ai construit un territoire maternel. Mon ventre reste accroché à Erwan et non l'inverse. Je dois être malade, démente, j'ai honte d'écrire cela. Les mots réparent tels l'aiguille et le fil l'ouvrage abîmé.

J'éprouve de la difficulté dans mon rôle, j'ignore si je joue juste, si je suis trop proche de mon fils, me sentant la peau de sa peau et le sentant lui comme le prolongement de mon enfance dont j'ai perdu les détails. J'espère la sienne marquante, je m'y applique – nos excursions, nos bains de mer, le sapin l'hiver que nous allons scier pour Noël dans la forêt de Baïnem, les champs, le « petit » désert après la ville. Je n'ai que la beauté du paysage à lui offrir. Que lui restera-t-il de la couleur des roches, des sables, des vallées traversées d'oueds rugissants, dangereux ?

L'amour dissonant sera peut-être le souvenir central de son enfance. Erwan sait pour Brahim et moi. Chaque soir il assiste au spectacle de nos failles et s'endort sur cette évidence.

Impossible de couper une grappe de glycine, de l'enfermer dans un vase. Aussitôt elle se fane, gâtée par ce que je diffuse dans la maison – toxicité.

Mon temps doit être occupé, utilisé. À l'inverse je pourrais me perdre dans le sommeil, à l'aide de barbituriques, d'alcool, même si je ne suis pas suicidaire, sachant doser mes besoins, ne dépassant pas le premier cercle de l'ivresse, celui qui tire un fil, défait la pelote d'anxiété, me libère sans que je ne me détache en entier du réel. Je maîtrise l'art de ne pas sombrer.

Quand j'imagine ma fuite, je me représente au volant de ma voiture en direction de la palmeraie de Timimoune, lieu africain, construit en terre rouge du Soudan, abri ultime dont je rêve pour sa splendeur, son opposition à la ville d'Alger. Les hommes y sont effacés, endormis, fantomatiques, les femmes maîtresses de leur existence qu'elles partagent entre elles – gynécée organisant les rites du village, son économie, assurant la survie comme les tours de noria qui alimentent en eau les cultures, la flamboyance d'une nature irréelle au cœur du Sahara. Nul ne pourra m'y trouver, m'y rejoindre. Dans mon imagination, je suis sans Erwan. Je l'extrais de ma folie et demeure une *bonne* mère.

Je prépare une tarte aux cerises. Il faut la dorer sans la brûler, lier le flan à la croûte caramélisée sans que ni l'un ni l'autre ne se gâchent, mais se tiennent en équilibre dans la chaleur du four, derrière la vitre roussie par les éclats des fruits devenus sombres et qui me fixent comme s'ils étaient les yeux de petites grenouilles nageant à la surface du lait encore liquide.

En robe, parfumée, je me sens « femme » pour aller chercher mon fils. En écrivant ces mots, j'ai conscience de mon ambiguïté. Je n'éprouve pas de désir charnel pour Erwan, mais une jalousie anormale pour ceux qui me voleront son cœur. J'ai du temps. La fidélité de l'enfance m'émeut autant qu'elle m'arrange. Je l'ai déjà exprimé : j'ai peur de lui faire honte. Je dois le séduire pour séduire les autres.

Mon carnet et mon stylo dans mon sac à main : une arme et son rang de munitions.

Je ferme à clé la porte du jardin, passe par le garage, la voiture est dehors, je regarde si quelqu'un fait le guet, je me sens attendue, mais sans la sensation du danger qui, elle, m'a quittée. La fin de l'été n'existe pas à Alger, la chaleur perdure, se propage, dense, en bloc, dans un ciel moins clair.

« *Salama, salama, salama.* » Je salue les voisines aux fenêtres, sur le perron de leur demeure. Elles m'appellent, je le sais, « la Française triste ».

L'odeur du chèvrefeuille m'excite.

Je conduis vite, à la radio, cette chanson arabe que Brahim m'a traduite raconte l'histoire d'un exilé qui ne trouve de répit qu'à l'ombre d'un arbre qui lui rappelle son pays. Il chante « le jardin suspendu de l'enfance ».

Dans ma robe beige, trop grande, mon corps flotte, j'ai sensation de ne pas être de mon époque. Je me sens déguisée, mal « attifée » dirait ma mère, si différente des « gravures de mode » que j'admire dans les magazines féminins. Ailleurs, des femmes se forgent un destin, profitant de la liberté sexuelle dont je n'ai que la représentation sur les pochettes de disque, Boney M., Donna Summer, Cerrone.

J'attends dans la voiture mon fils. Il courra vers moi, écrasera son visage contre ma poitrine, retrouvera

« son » héroïne, moi qui occupe un second rôle, en arrière-plan de la scène, fondue au décor, au paysage de carton-pâte.

Des enfants jouent au foot avec une boîte de lait Gloria, certains pieds nus, garçons livrés à la rue qui parfois les tue au passage trop rapide d'un trolleybus. Ma fascination pour ces enfants pareils à une nuée d'oiseaux me dérange, je ne peux m'empêcher de les observer, comparant leur existence à celle de mon fils ; leur joie par-delà la misère me donne ensuite envie de pleurer.

J'entends la sonnerie de l'école, j'imagine Erwan, ramassant ses affaires, quittant la salle de cours, pressé de me retrouver avec l'appréhension de ne pas me reconnaître dans la foule des mères.

Soudain, la pensée parasite de ma disparition, de mon garçon dans la forêt des écoliers, me cherchant et finissant seul au milieu de la chaussée puis rejoint par les enfants de la rue qui l'encerclent, le bousculent et l'aident à retrouver sa mère évanouie dans la ville. Je compare mon « effacement » imaginaire à la phrase, rayée au stylo magique qui blanchit l'encre et la fait disparaître à l'intérieur du papier comme je pourrais disparaître à l'intérieur de la terre.

La rumeur des écoliers dévalant l'escalier de l'école mixte d'Hydra, le bruit des moteurs des voitures garées en double file, le brouhaha, l'activité, le tourbillon m'angoissent, excédent de vie, de jeunesse dans le parfum des troènes du petit jardin de l'école, bâtiment des années françaises dont je connais le plan à la perfection, la cour, les vestiaires, le patio, le premier étage, la classe du fond, celle d'Erwan, la dernière avant le lycée.

Erwan n'est pas seul, un garçon se tient à ses côtés. Ils descendent l'escalier, discutent, se poussent. Le garçon lui donne un objet. Je suis trop loin pour en distinguer la forme. Erwan l'enfouit dans la poche de son short. Il y a un trou dans la lumière. Tous deux se déplacent dans une colonne d'air qui les empêche de tomber malgré les gestes brusques, l'excitation de partager un secret.

Erwan a gagné en assurance, j'ignore si ce garçon en est la raison ou si se retrouver hors de nous, de moi, l'a fait grandir en peu de temps, comme une plante dont on aurait augmenté la vigueur par des ultraviolets intenses et continus.

Le garçon a sa taille, sa finesse, ses vêtements, short et chemise, des chaussures de sport blanches montantes. Ses cheveux sont raides, aux reflets blonds, contre les boucles drues, foncées d'Erwan. Son teint fait penser qu'il a passé des vacances d'une grande liberté quand nous luttions contre les morsures de l'été ; sa grâce me frappe et m'effraie, étriquée, prisonnière de ma mélancolie, désirant en secret y ramener Erwan pour ne pas le perdre.

J'assiste à une alliance, le pressens. Je l'ai écrit : Erwan est ma peau, je sais l'importance du garçon aux chaussures de tennis montantes dont un rien suffit à devenir centre et héros de l'espace, choisi par le soleil et les écoliers qui l'applaudissent (dans ma folie). Il est populaire, Erwan le sait. En le choisissant il se sauve de moi et, le garçon, en choisissant Erwan (encore dans ma folie), a trouvé son compagnon, son faire-valoir, celui qu'il fera souffrir d'être trop désiré.

Chaque lien me ramène à ma solitude, je suis jalouse d'un enfant qui rendra le mien plus heureux. Comme moi, il ne s'est pas fait de vrais amis ici.

Quand ils s'approchent, je m'aperçois qu'ils se tiennent par la main.

Le garçon est des années soixante-dix, sa coupe de cheveux, son allure, le collier en ivoire au ras du cou. Je ne suis d'aucune époque, vaincue. Je ne suis plus l'héroïne, je suis la rivale. Sa beauté varie d'une seconde à l'autre, deux visages s'affrontent, l'un cherchant à chasser l'autre par alternance ; beauté instable qui n'est pas une vraie beauté, plutôt un charme animal. Il fera du mal à Erwan, je devrais l'en protéger. Ma jalousie se déploie, me dépasse, j'en ai conscience, la laisse se déployer. Le garçon, je le sais, lira dans mes pensées.

Il se présente, s'appelle Bruce ; me présentant à mon tour, il répond « Je sais qui vous êtes » et s'en va, sans un mot pour Erwan, se dirigeant vers une CX noire, voiture utilisée ici par les « officiels », dont le conducteur ne descendra pas pour l'accueillir, l'embrasser, lui tenir la portière.

Erwan ouvre le paquet d'aluminium dans lequel j'ai enveloppé une part de tarte aux cerises encore chaude. Je conduis sans musique, le fixe dans le rétroviseur, ses lèvres sont rouges de fruits, je ressens un léger dégoût au bruit de la mastication.

Sur la route les arbres penchent, se courbent, haie d'honneur pour les deux passagers muets que nous sommes. Je me concentre sur le chemin qui monte vers notre villa, je traverse la place d'Hydra sans m'arrêter à la poste, un colis m'y attend, je suis figée, idiote, intimidée par Erwan, il a passé une journée sans moi, je ne lui ai pas manqué.

Je cherche le canal de la radio italienne que nous captons par temps clair, j'ai besoin de voix étrangères pour escorter ma voix hésitante quand je m'informe sur son nouvel ami.

Bruce n'est pas un garçon, mais une fille dont le prénom est un surnom : elle adore Bruce Lee.

Bruce, elle, surnomme mon fils La rivière parce qu'il a pleuré ce matin quand je regardais le nuage, j'en suis certaine, captant sa tristesse au-delà des maisons, des toits, des portes qui nous séparaient.

La nouvelle équation – Bruce, la force, Erwan, la fragilité – m'éjecte de l'histoire.

Ils se sont trouvés ou plutôt Bruce a trouvé en Erwan la possibilité d'exercer sa force sans que mon fils ne puisse y répondre, s'y opposer, contaminé par ma mélancolie, fluide maléfique qui, lui, n'alterne qu'avec la peur. Erwan se pliera à sa puissance, pire, il se perdra dans le personnage de Bruce qu'il voudra imiter par admiration. Je me sens dépossédée, Bruce reste une enfant, mais j'imagine ce qu'elle a traversé pour se présenter comme elle s'est présentée, se définir comme elle se définit, pour m'avoir défiée avec l'assurance de ceux qui ont les armes pour se défendre.

Je regrette notre été, croyant perdre une part d'Erwan. Ma jalousie est un délire ou une protection. J'enferme Bruce dans mon carnet. Ce qui émane de son visage, de son corps sont les preuves de ce qui n'existe pas encore et surgira par la force des choses. Je dois l'écrire, l'endiguer. Elle est le torrent qui engloutira La rivière, Erwan.

J'ai l'innocence de croire au barrage des mots, à une écriture vaudoue qui protégerait du malheur une fois consignée dans mon carnet et qui lancerait des sorts contre ceux qui nous souhaiteraient du mal. Je suis la mère d'Erwan, Bruce ne devra pas l'oublier.

Je ne lui laisse pas de chance. Sans la connaître elle est mon ennemie déclarée. Bruce me hante.

Les yeux, la bouche, les dents, tout est grand, charnu, en décalage avec son visage. Pas de trace de féminité, ni la poitrine, ni les hanches, ni le ventre, ni les fesses dans mon souvenir quand je l'observais s'éloigner, la « radiographiais », fascinée par son pas, le mouvement qu'elle inventait. Chaque foulée se décollait du sol, la propulsait vers la voiture qui l'attendait.

Les joueurs de foot l'observaient eux aussi. Je me souviens d'un mot à son passage, *ataï*, « pédé », sûrement à cause du collier.

Les jambes, deux bâtons d'allumettes accrochés au bassin. Elle est fine, plus étroite qu'Erwan, les coudes et les genoux en épine, les côtes, saillantes, visibles sans doute sous son vêtement.

Sa coupe de cheveux est celle des Poppys, le groupe fétiche d'Erwan.

La tristesse et l'insistance de son regard.

Le pli de son short et de sa chemise repassés avec soin à l'amidon. Sa montre d'homme et de plongée.

Si je recompose la scène, Bruce se tient devant moi, prête à me gifler (ma folie). Je transfère ma violence sur cet enfant, obsédée par la crainte de perdre mon fils, de me faire dépasser par une amitié de quelques heures.

Le conducteur ou la conductrice de sa voiture devait nous épier dans le rétroviseur, s'assurant de l'effet que produirait Bruce sur nous ; très vite le charme a opéré, brûlant nos peaux.

Bruce laisse déjà un vide que je comble en rejouant la scène.

Le ciel est jaune. Si on le photographiait, l'image polaroïd se développerait au-dessus de nous, assurant un toit multicolore à la ville grouillante, étourdissante, ville qui pourrait se fondre à la beauté céleste, mais elle résiste, à la manière d'un organisme infecté par son propre sang.

Je me sens regardée, épiée, imaginant que l'on a donné un signal aux hommes d'Alger, leur ordonnant de quitter le quartier du port et de monter vers Hydra pour venir me chercher, me battre, me kidnapper.

Images de corps torturés reliées à un film dont j'ai oublié le titre et non le trouble qu'il avait suscité. Son héros, sosie du Christ, se faisait fouetter par des femmes et éprouvait du plaisir à la douleur, héros auquel je m'identifie.

Sur le chemin de la maison nous croisons des étudiantes portant le Hijab, Brahim les surnomme les petites sœurs de Khomeiny, persuadé que cela ne prendra pas, passera, l'Algérie n'est pas l'Iran. Il a tort. Nos années soixante-dix se consument, nul ne pourra contenir l'incendie.

Ici, on raconte que les âmes, à l'agonie, montent vers le ciel, légères, à la manière des cendres que le vent emporte.

Ma peur de perdre Erwan me ramène à la tragédie, notre lien est aussi une question de vie et de mort, ce qui est malsain, j'en ai conscience.

Et si Bruce était providentielle, m'obligeant à m'ouvrir à l'étrangeté, à me mesurer à une situation qui me ferait sortir de ma solitude, de la mélancolie ? À lui obéir ?

J'ai besoin d'un verre de vin pour anéantir la fille-garçon que je viens de rencontrer.

La porte du garage est ouverte, je suis certaine de l'avoir fermée. Je ne dis rien, donne les clés de la maison à Erwan, pressé de retrouver sa chambre, ses objets. J'inspecte le jardin, mottes de terre retournées, plants piétinés, l'espace a été traversé, déplacé, soit par un intrus, soit de lui-même, geste des végétaux, des insectes, des vers, annonçant en avance la saison humide des mousses, des fougères et des champignons.

Une salamandre disparaît sous le bâti de la maison, se faufile dans les travées de notre lieu où s'entremêlent dans mon imagination mes pensées interdites, mes regrets, mes rêves de départ, mon enfance à laquelle je ne pense plus très souvent. Mon âge adulte a rayé l'innocence. Reviennent seulement les images de mon frère que je n'appelle plus, enviant les récits de sa vie française, de sa jeunesse occupée quand je perds la mienne dans une existence sans projet. Mes lendemains sont nus.

Je fais griller du pain pour Erwan, il a encore faim, je lui prépare un chocolat au lait, ouvre une bouteille, un seul verre suffira à me calmer, une dose, une piqûre de sucre, de coton.

Mon fils, assis sur la branche du néflier, arrache les fruits et lance les noyaux par-dessus le mur, chez les voisins, son jeu favori. Je suis dans sa chambre, je rassemble ses affaires, son cartable, les fournitures de l'école, sa chemise et son short, il s'est changé, je fouille ses poches, l'objet a disparu, je range ses livres et ses cahiers. Un morceau de papier est posé sur son bureau, « 60 14 90 Bruce Immeuble Shell ».

Assis sur les marches de la terrasse, nous admirons les feuilles des arbres qui tomberont bientôt, la couleur du jardin, le miracle d'avoir gardé nos fleurs après l'intensité de l'été, la nouvelle rangée de roseaux dont j'ai chargé Erwan de s'occuper, m'appliquant à lui transmettre ma passion pour la nature, qu'il soit conscient de ce qu'elle nous donne et de ce qu'elle pourrait nous retirer, sachant que je lui transmets aussi mon angoisse d'ensevelissement, hantée depuis que je vis ici par le rêve d'une vague recouvrant la ville après un séisme. De la beauté je me dirige vers la mort et ne peux m'en empêcher. Je suis malade, malade de mélancolie, une raison, si j'étais honnête, de me réjouir de l'arrivée de Bruce dans l'univers d'Erwan.

Bruce est sûrement hantée par un rêve différent du mien, celui de devenir une autre personne, rêve accompli avant la trahison de l'adolescence qui prendra possession de son corps qu'elle contraint, je le devine, avec soin et sévérité.

Erwan dit : « Elle n'est pas une fille comme les autres. » Je le serre contre moi, son visage sur ma peau, son odeur de gomme, de colle, de crayon à papier, sa voix aiguë, mon petit garçon.

Plus haut, l'ombre de l'immeuble Shell, ses pilotis qui le soutiennent, lui donnent l'air d'un monstre à plusieurs pieds qui pourrait se mouvoir, avancer vers nous, écrasant tout sur son passage. Ses balcons sont vides, secs, stériles comme si ses habitants ne pouvaient trahir le parc qui l'enserre, armature d'eucalyptus, de buissons, de grappes de mimosas foncés qui débordent sur la rue, identiques, par leur couleur, à des milliers de frelons.

Erwan me tend l'objet que Bruce lui a offert, une étoile de Shérif métallique sur laquelle est gravé : *Washington DC*. Je frotte l'étoile contre le tissu de ma robe « pour qu'elle brille autant que les autres », effaçant les traits du visage de Bruce, conjurant le mauvais sort.

Brahim me manque, j'ai besoin de son corps pour remplacer le corps d'Erwan, traître malgré lui. Je veux sa main pour tordre celle de Bruce, geste qui promet un avenir dont je serai exclue, moi qui nous croyais seuls au monde. Je veux sa force pour me relever, me porter jusque dans notre chambre et je veux sa douceur pour m'endormir en faisant le vœu de ne plus me réveiller.

Les oiseaux ont disparu avec la lumière, Erwan s'occupe des lanternes, je me rends à la cuisine pour préparer notre dîner.

L'huile d'olive sur la viande crue.

Le thym et le laurier, l'ail et l'oignon, ouvrage d'herbes, de pousses ornant la dépouille.

Le plat tajine : un sarcophage.

Gêne devant l'animal tué, gêne de la transgression, nous apprêtant à dévorer l'un des nôtres.

Le vin et les sillons des vignes étendues telles des villes au creux des vallées, encore protégées, autorisées, les raisins lourds, noirs, sensuels qui tachent la terre et les pierres sèches.

Le vin est un paysage, il me colonise, me ramène à la marge du bonheur.

Cette nuit je me donnerai à Brahim, aux êtres invisibles que je convoquerai avant ma jouissance. La sexualité raconte notre histoire d'une autre façon, à la manière des rêves qui livrent une seconde version du réel puis se retirent avec les images qui les composaient, nous laissant à notre effroi, à notre stupeur, incapables de comprendre ce qui vient de se dérouler et ce qui vient de disparaître.

Le téléphone sonne, je réponds, la ligne, aussitôt interrompue, résonne dans le vide comme lorsqu'elle est occupée. J'imagine Bruce de l'autre côté, au dernier étage de l'immeuble Shell, suspendue au ciel. Son visage n'est pas celui de l'enfant rencontré en fin d'après-midi, mais celui de l'homme de la plage.

J'entends la voiture de Brahim, ses pas, il me rejoint dans la cuisine, reste dans mon dos, saisit mes hanches, embrasse ma nuque, gestes des milliers de fois accomplis par l'automate amoureux, gestes auxquels je ne réponds pas, le corps glacé, honteuse de ne pas aimer sa douceur et de lui préférer en secret la violence.

Il se sert un verre et se dirige vers la salle de bains.

Je pense à l'appel anonyme. Je sais que je dois me rapprocher du père de mon fils.

Brahim, accroupi dans la baignoire, se lave au jet et au savon. Sa main droite glisse sur les parties de son corps, fait mousser la zone grise des poils. Il insiste sur les plis, frotte le ventre, le torse, les aisselles, caresse le haut, le centre, le bas du dos. Il se relève, rince sa peau, les yeux fermés. Je le regarde sans admiration, malgré la musculature, les fesses, les attaches puissantes, le sexe épais, les épaules de statue auxquelles je me suis si souvent agrippée pour m'envoler vers des hommes imaginaires, amants sales et autoritaires.

Envie de l'étreindre, de l'exciter puis de le laisser, me donnant une forme d'importance.

Les tétons plus bruns que l'entière carnation quand on écarte la « fourrure » qui les protège. Aréoles larges qui me font penser à celles des seins.

Les doigts de pied écartés, l'eau y passe à travers comme s'ils étaient des filtres, clapets s'ouvrant et se refermant selon la puissance du jet.

Les cuisses bâties à la marche, à l'escalade, à la course, Brahim est un homme de la terre, des chemins, des hauts plateaux, il ne sait pas nager.

Sa position dans le bain, sa concentration, il est émouvant ; je nous considérais tels des corps siamois, vivant d'un seul cœur, respirant d'un seul souffle. Notre jeunesse s'est enfuie avec nos serments, je pourrais lui être infidèle, je le suis, déjà, par la pensée.

Son regard quand il s'aperçoit que je l'observe, son sourire qui contient l'innocence que j'ai perdue.

Il m'attire à lui, m'enroule dans le drap de bain, camisole de chair fraîche, parfumée, humide. Il m'embrasse, je compte jusqu'à six avant de me retirer, il ne me retient pas et je lui en veux de ne pas me retenir, par lassitude, par renoncement, si je quittais la maison, le pays, il ne me retiendrait pas, ne se battrait pas, vaincu avant la lutte, l'explication. Il y avait une histoire dans l'école d'Erwan, en troisième année d'élémentaire. Une femme française désirait quitter le pays avec sa petite fille, son mari était violent ; elle demandait aux mères de famille de lui prêter un passeport, elle modifierait la photo, pour sa fille, promettant de le rendre une fois la frontière franchie, en sécurité en France. J'avais pensé que si Erwan avait été une fille je l'aurais aidée, en donnant l'identité de mon enfant à un autre, j'aurais eu l'illusion de m'enfuir, de nous sauver.

Le poids de la terre algérienne sur les épaules des femmes françaises, tunnel sans issue dans lequel nous sommes, courant, nous débattant.

Les hommes, eux, ne font pas l'expérience de l'obscénité, des mains collées aux robes, aux peaux, mains poisseuses, noires de crasse, de charbon.

Les bêtes masculines, la ville zoo, les maisons cages, les proies féminines : nous sommes toutes des gazelles de Thomson traquées par le prédateur, le chasseur.

Les hommes font l'expérience d'une autre violence : les assassinats de rue, à coups de hache, de couteau, de pierre parfois quand le meurtrier est un enfant.

J'évoque Bruce, Brahim ne semble pas choqué par l'être que je lui décris et nomme avec mépris (ma jalousie) « l'entité », comme si ne pas être une « vraie » fille, ni un « vrai » garçon était un défaut et annonçait la faillite de leur relation ; j'ai honte de mon propos, Brahim y est indifférent, mes mots n'existent pas.

Je dresse la table, sers et disparais dans le jardin, je n'ai pas faim, je les laisse ensemble, le père et le fils, je ne veux pas entendre le récit de la première journée d'Erwan ni la description de sa nouvelle amie, Bruce fera son apparition à la fin du récit, bouquet final du feu d'artifice. Erwan a compris ma jalousie, il en joue, se venge de notre été solitaire, du tandem que nous formions, de nos deux corps aux prises avec la nature et mes démons. Erwan pense sans doute que Bruce le sauvera de moi.

Me perdre dans les branchages, ne jamais revenir vers Brahim et Erwan, remonter aux racines, courir sous Alger dans les souterrains de la guerre, les tuyaux suintants, les eaux sales, parmi les rats : tout sauf assister aux louanges de Bruce.

Envie d'hurler : « Tu ne la connais même pas. »

La maison éclairée, les silhouettes de mon homme, de mon fils, les chambres vides, le salon derrière la baie vitrée, je me fais l'effet d'un cambrioleur qui admire ses victimes depuis le jardin avant de les rançonner. Dans la nuit le parfum du jasmin est plus agressif, entêtant, détourné, les fleurs mutant en poison pour celui qui voudrait les arracher. Je suis ivre de vin et d'envie, je n'ai ni la jeunesse ni la beauté de Bruce et je ne suis pas la femme que mon mari attend.

Erwan a accroché à son tee-shirt l'étoile de Shérif. Le père de Bruce l'a rapportée d'Amérique où il a l'habitude de se rendre pour son travail. Admiration pour la famille de Bruce. Je ne relève pas, je dois grandir, mon fils est plus mature que moi : il s'est fait un ami quand moi je parle à mes plantes, aux poissons que je vais éventrer avant de les cuisiner, à mes tartes quand elles gonflent, dorées, magiques, derrière la vitre du four.

La ménagère.

La bonne et la mauvaise mère.

L'amante des amants inventés.

La femme aux vêtements trop grands.

Les mains pressantes de Brahim ; depuis le bain il me fait comprendre son désir et me met mal à l'aise, il est trop direct, trop « réel », je ne vois que lui, nul personnage ne s'interpose entre nous, ma jouissance sera feinte, j'aurai l'impression de me trahir.

La mécanique des mots est parfaite, ils sautillent de ma pensée au papier. Je double le réel, construisant une villa qui n'est pas la nôtre, inventant une famille qui n'est pas la mienne, confondant les carnets et la réalité. Plus j'écris, plus nous devenons les hologrammes de nous-mêmes.

La maladie d'écrire est comparable à une crise de colère dont on ne se défait pas.

Je n'écris plus à ma famille, mes parents, mon frère, le carnet a tout pris, il est le feu dévastant les paysages, les réduisant en cendres, ma famille n'existe plus, ils sont derrière la France, cette France qui s'éloigne du continent africain et nous oublie. J'espère travailler au lycée, je crois aux institutions, aux symboles : l'Alliance française, le Centre culturel, l'ambassade. Subsistent encore des refuges si la révolution venait à éclater. Nous en serions les premières victimes, moi l'étrangère, Brahim le traître. Il faudrait partir d'ici. Je n'en ai ni le courage, ni la force. Mon corps appartient à la terre des fleurs d'Algérie.

Je vérifie la porte du jardin, du garage, l'air doux est celui de l'été indien.

Dans le garage, les voitures et les reliques de notre passé ; c'est la pièce la plus chaude du lieu, à cause des tuyaux, des moteurs quand nous venons de nous garer, de la chaudière à gaz. Elle me fait penser à une pièce sacrée, d'où proviendrait le fluide de la maison, poumon central qui nous alimenterait en air, en énergie, en magnétisme.

Je sens la présence de l'immeuble Shell, comme s'il était un homme, un géant, je sens ses milliers de fenêtres scintiller, tous les corps qu'il abrite dont celui de Bruce. Un jour Erwan s'y rendra et je ne le retrouverai plus. La forêt qui le longe est dense, résineuse, on dit que des couples s'y retrouvent pour vivre leur désir, tels des parias que la ville juge, expulse. La nature est l'unique mère ici ; dans ses lits de feuilles, les chairs s'épuisent.

Erwan endormi sur le canapé, les bras croisés sur son torse comme s'il voulait protéger son étoile de Shérif. Je dois devancer Bruce, la surprendre, proposer à Erwan de l'inviter, les préférant sous ma surveillance plutôt que dans l'antre de l'immeuble moderne construit en arc de cercle, défiant la ville, la mer, par sa grandeur, son étrangeté ; puis je renonce à mon idée, détestant l'image de Bruce dans mon jardin, montant aux arbres, piétinant les fleurs.

La nuit mauve avant l'aube, j'entends le grésillement des papillons brûlant leurs ailes au contact des lanternes allumées, un bruit plus bas dans la rue qui ressemble au coup tiré par une arme à feu dont on aurait couvert le canon pour étouffer l'éclat de la détonation. Alger se déplie dans un autre sens, second versant d'une carte qui révélerait une topographie jusque-là inconnue.

« Il arrivera un jour quelque chose » est la dernière phrase que je prononce, pour moi, en silence, avant de faire semblant. Brahim embrasse mon ventre, mes cuisses, mon sexe.

J'accompagne Erwan dans le but de le surprendre avec Bruce. Le matin, la nouvelle amie n'apparaît pas ; je l'imagine en retard ou dans la cour, déposée par son conducteur impatient, attendu. Quand je regarde Erwan monter les escaliers parmi les autres écoliers (qui ne lui parlent pas, ne le remarquent pas), je l'imagine courir vers Bruce, se jeter dans ses bras ; je démarre en trombe, incapable de faire face au tableau que je viens de me représenter. Je ne supporte rien, ni moi devant l'école, ni mon fils à l'intérieur en compagnie de l'Autre.

Ne pas voir Bruce n'engendre pas de regret, plutôt de la haine, elle m'impose son absence, demeure invisible, comme si je ne la méritais pas.

Après l'école, je descends en voiture vers la ville, je conduis vite, en roue libre, si seule, Brahim est à son usine de papier, Erwan dans sa classe, je pourrais disparaître, prendre l'autoroute vers le désert, en direction du Niger – qui pense à moi à cet instant ? Personne.

À la poste d'Hydra, un colis de France, du parfum, des vêtements d'enfant, un jeu de tennis pour Erwan à brancher sur la télévision, une lettre de ma mère que je lirai en diagonale ; personne ne sait le manque de liberté, nos téléphones sont sur écoute, il ne faut pas parler de politique, des disparitions, de la nouvelle milice religieuse, personne ne sait ce que nous traversons ici sans rien dire, ce que nous subissons, personne ne sait comment la jeunesse a volé en éclat et ne reviendra pas. La mer est un barrage contre le reste du monde, nous isolant, nous appauvrissant.

Le ciel est quadrillé de bandes blanches, les nuages font des figures géométriques, dispersés puis ordonnés par une force supérieure.

Sous les arcades du boulevard Zirout Youcef, je marche vers la pêcherie : les voix des travailleurs du port, l'odeur, du pétrole, du poisson, le soleil qui tombe oblique sur les quais, les containers, les filets, l'activité dense ranime ma pulsion de vie, je me sens soudain légère, à l'abri, dans la beauté folle d'Alger mon amour, au cœur de la forêt des hommes qui ne me regardent pas, accomplissant leur tâche, fourbus par le travail, ivres de lumière ; la mer fragmente les rayons du soleil qui l'éclairent.

La soumission de Brahim amplifie mon sentiment de tristesse. Il m'est impossible de l'admirer et ce manque d'admiration rejaillit sur moi qui l'ai choisi, à l'époque, parmi les étudiants algériens de France. Sa douceur me rassurait, elle est à présent un défaut.

Les dockers enfuis de mes tableaux imaginaires soulèvent les caisses, les containers, attachant les palettes aux chaînes, tractant les denrées, conduisant les grues. Leurs corps luisent de sueur et sont noirs de pollution.

Ma double personnalité : la femme et la contre-femme qui cherche les ennuis, les demande, celle qui a besoin de la violence pour sentir son sang battre. Je me dégoûte, quitte le port et remonte dans ma voiture. Mon chemisier blanc est taché, j'ai transpiré. J'entends mon cœur et s'ouvrir mon ventre ; je pourrais m'offrir tout de suite, au premier venu, je suis une âme damnée.

Je ne vis rien, je fantasme tout.

À l'extérieur d'Alger, dans la « petite » campagne, la nature est douce, mesurée, à ma taille. Je m'allonge dans un champ de coquelicots, le rouge des fleurs, le vert de l'herbe, je suis amoureuse du sol, des craquelures que fait la boue quand elle sèche, du chant du rossignol, du goût des feuilles de menthe, d'aneth, de la spirale du vent qui se lève et rafraîchit, de l'odeur du bois, des buissons, des taillis, de tout ce qui est sec et crépite quand le feu survient.

Je suis le feu et rien ne s'embrase. Je suis le double de la nature, aussi tendre, aussi violente quand on la défie.

Chemisier blanc, jupe bleue, ballerines rouges, sans l'avoir fait exprès, je porte les couleurs du drapeau français.

Allongée, j'ai le vertige du ciel, je tombe en lui, à la renverse, une colonne de fourmis court de ma cheville au mollet gauche. La nature est mon château fort.

Les piqûres de fourmis laissent des points de sang sur la peau. Je préfère me donner aux insectes plutôt qu'à la cruauté (imaginée) de Bruce.

J'aimerais pouvoir me dire « je t'aime », n'y parviens pas, n'y suis jamais parvenue, pourtant je crois qu'il est important de savoir se dire son amour, gratuit, de soi à soi.

Hier, Brahim m'a remerciée après sa jouissance, comme s'il s'était servi de moi, de mon corps, l'ustensile – je l'ai tant fait avec lui.

Depuis combien de temps n'avons-nous pas prononcé cette phrase : « Je suis amoureux, amoureuse de toi » ?

L'usage de la vie, l'oubli de l'amour, l'omniprésence de l'idée de la mort.

La conscience de la tragédie est la fin du rêve et de la poésie.

Penser à la mort en continu revient à nourrir une grande tristesse et une grande désespérance.

Je suis jalouse de Bruce, de ce qu'elle est, de sa force, je suis jalouse de la mère qui l'a enfantée et l'éduque ainsi, libre dans sa sauvagerie. Qui est cette femme ? Erwan est si classique. Un enfant devrait être une énigme. J'envie la mère de Bruce. J'ai honte d'écrire cette phrase.

Je remonte vers la ville, place d'Hydra, boucherie, boulangerie, l'automate non amoureuse, mais ménagère. Mon corps est transparent, je me sens traversée par les autres, comme dans un épisode de *L'Homme invisible*. La ville ne m'aura donné aucun statut, mon rôle est à la maison, ma sensualité dans la nature, au creux des vagues, comment faire le lien entre ce que je ressens et ce que je montre aux autres ? Il me faudrait m'ouvrir, je reste en retrait.

Une seconde vision d'Erwan et Bruce confirme mon sentiment : cette amitié sera un ravage. Je crains qu'Erwan ne tombe amoureux, ce qui reviendrait à tomber amoureux d'un garçon – je suis gênée par cela. Les deux visages de Bruce, tantôt fille tantôt garçon, piègent mon fils, révélant en lui une part qui ne se serait pas révélée si Bruce était « normale ». Je suis étroite d'esprit, mauvaise, intolérante, consciente aussi que tous les prétextes sont bons pour garder Erwan à mes côtés ; il remplace la partie manquante de mon cœur.

Comme si elle savait, Bruce ne s'approche pas de moi, salue de loin, Erwan se retourne, la surveille, jusqu'à ce qu'elle disparaisse dans la voiture qui l'attend. Le conducteur ne descend toujours pas. Bruce porte une chemise militaire sur un short kaki, ses tennis blanches montantes. Ses jambes sont si fines, les cuisses déjà galbées, son corps est athlétique et malingre à la fois, à force d'exercices physiques et peut-être de privations.

La voiture CX glisse vers l'immeuble Shell, vaisseau fantôme dirigé par un homme mystérieux ou par la mère de Bruce, refusant de descendre de sa voiture, hautaine, à l'image de sa fille, être supérieur qui aura su faire fondre un genre dans un autre, procédant à la manière d'une chimiste ayant trouvé une formule qui la rendrait unique : je n'ai jamais rencontré d'enfant à son image, ni fille, ni garçon, Bruce a inventé une troisième identité – identité fascinante, étrangère et gênante. Je me demande quelle sorte de mère accorde une telle confiance à son enfant ou quelle sorte de mère abandonne à ce point son enfant laissant sa nature nocive grandir, envahir, telle une pousse dure, sèche, tissée, avec les tiges et les pétales de fleurs rares. Bruce serait cette corde née de la beauté, une sorte de ravissement, gâché, détourné. Elle ne m'émeut pas, m'effraie. Bruce a gâché la promesse de son charme.

Je prends le chemin opposé à notre maison, descends vers la ville que je nomme profonde car nichée entre les hauteurs et le port, comme si nous entrions à l'intérieur d'un ventre, rue Didouche Mourad, désirant offrir un cadeau à Erwan au Drugstore, le nouveau grand magasin de jouets.

Dans la foule des hommes, la main de mon fils dans ma main, notre résistance est fragile face au rouleau des corps qui se déplacent selon l'orientation du soleil.

Le Drugstore est un magasin d'État ouvert pour calmer la frustration des habitants, des familles, il fermera un jour ses portes, faute d'exportation, rien ne tient ici, sinon le vent contre les pierres. Je lâche la main d'Erwan, le regarde avancer vers le rayon des jeux dits éducatifs, en bois, en métal, en papier, il choisit un mini squelette en plastique mou, à reconstituer, métaphore, dans mon délire, de la mort annoncée de notre relation.

Le centre-ville, cœur fou qui gagne le mien. Je suis émue par la vie des hommes et des femmes, vie qui se débat, lutte, se disperse, ressurgit dans les travées du jardin d'Essai, serre à ciel ouvert, exotique, botanique, semblable aux illustrations de mon enfance. La couleur du ciel, tache d'encre orangée, uniforme, addictive, ressuscite une part du bonheur égaré – à nouveau je sais : quelque chose adviendra.

Place d'Hydra, nous achetons les fournitures manquantes, Erwan, l'air absent, tend sa liste chiffonnée, mal écrite, liste de cahiers, crayons, instruments de mesure, règle, compas, triangle de géométrie, il tient son jouet contre sa cuisse, impatient de construire le petit squelette de Chine, lui, l'enfant bien vivant, La rivière amoureuse.

Bruce est elle aussi de mère française et de père algérien, unique raison peut-être de leur alliance. Sur le chemin de notre maison, j'imagine que toutes les voitures qui nous suivent sont les petites R8 de l'homme qui nous a suivis sur la route de la plage. Mes peurs viennent d'une faute que je vais commettre, me châtiant avec un temps d'avance – une force inconnue m'envoûte. Les femmes restent coupables.

La prescience de ce que l'on ne connaît pas ou la démence d'une mère contaminée par la démence des autres ?

Le mur de notre maison est mauve de glycines, elles sont aussi folles que mes pensées, je les laisse ronger la peinture, dévaster le plâtre, la sève est reine. Le jardin est paisible, endormi, les palmes du petit arbre de Bou Saada penchent vers la terre tentant de s'y raccorder.

Erwan demande la permission de se servir du téléphone ; sans attendre ma réponse, il décroche l'appareil, forme un numéro. Je sais qu'il appelle Bruce, je le laisse, le regarde depuis la terrasse, de dos, il parle à peine, je suis trop loin pour entendre la teneur de leur conversation, mais je peux lire sur son corps, la gêne, le rire, l'impatience et le silence, serpent qui l'entoure, serre, étouffe. Erwan reste figé – j'imagine Bruce scander des psaumes sataniques, jouer d'un instrument, charmeuse de cobras, hypnotisant mon fils à distance, du vaste ensemble moderne, arc dressé au-dessus de la ville, repère des avions de nuit, à notre maison blanche aux grilles de fer forgé, enclos paisible que Bruce viendra désordonner, piller comme elle pillera la réserve d'amour et de tendresse que j'ai constituée pour mon fils, certaine qu'il vaut mieux s'armer de douceur, plutôt que de violence, théorie qui aura échoué sur moi. Mais rien ne m'interdit de souhaiter à Erwan une meilleure existence que la mienne, d'espérer qu'il devienne un homme heureux, de croire en sa bonne étoile, moi qui suis née sous un astre que nulle lumière ne percute.

Brûler les plumes du poulet à la flamme de la gazinière, faire se répandre l'odeur de carbonisé dans la maison, celle des échalotes, du bouquet garni, odeurs sécurisantes, me renvoyant à mon enfance quand je regardais ma mère cuisiner, infiltrant dans les viandes, les poissons, les pâtes, les farines l'amour qu'elle ne parvenait pas à exprimer, amour contenu, bombe qui n'explose pas. Ma mère me fait penser à un arbre dont on a scié les branches fleuries, arbre estropié, elle-même privée, enfant, du vocabulaire de la tendresse ; je manque sans doute d'équilibre, je le reconnais, mais je n'ai pas répliqué, j'ai résisté, j'ai fait exploser la bombe, couvrant Erwan de gestes, de mots. Erwan, l'Adoré.

Sur la langue, le vin des coteaux de Mascara, coteaux grillés par le soleil, ébranlés par les tornades, électrisés par les foudres des orages. Le chahut de la terre coule dans ma gorge, me prend, m'inonde de plaisir. Je suis la grappe et le sucre du raisin.

Le poulet au four : sa peau gonfle, fait des bulles, peau enduite de son propre gras et d'huile d'olive qui la rendra craquante – illusion du bonheur domestique qui me rassure, j'ai fondé une famille.

Les bruissements de la vie contre les chants de la mort.

Erwan dans sa chambre, empli de Bruce, je suis seule, j'attends Brahim sans l'attendre, le vin est un ami, un compagnon fidèle et sage.

Electric Light Orchestra sur notre chaîne hi-fi Hitachi, la chanson *Telephone Line* me fait penser à l'appel téléphonique d'Erwan vers Bruce, à leur mystérieuse conversation silencieuse.

J'ai envie, comme Erwan, de tomber amoureuse.

Je ne veux pas mourir et pourtant ma vie d'ennui tricote les fils de la pelote de mort. Je ne suis rien et je me rassure en pensant que nous tous ici, sur cette terre dans ce monde, ne sommes rien.

Il faut construire sa vie, en faire une œuvre à soi, unique, peu importe sa taille, sa beauté, il faut qu'elle existe ; la vie, éphémère, comme celle d'un papillon, étirée, mais dont l'issue est identique. Je ne construis rien pour moi, sinon un mur entre Erwan et les autres. Je veux tant le protéger et je le perdrai pour cette raison.

La mère pieuvre.

Mes pensées sombres redoublent quand je me tiens éloignée d'Erwan. Sans lui j'accomplis les pas d'une danse macabre, image du squelette qui danserait sous le lierre, plante lugubre, refuge des rongeurs, des araignées.

Erwan est dans sa chambre, je n'ose pas le déranger, il grandit, son intimité sera bientôt celle d'un jeune homme.

Je regarde mon poulet derrière la vitre du four, il tourne sur lui-même, embroché, je l'arrose, jus d'ail et de citron, j'émiette le bouquet garni sans me brûler, mes gestes sont parfaits, rodés, tant de fois accomplis. J'y vois une sorte d'amour dévoyé pour les animaux, les sublimant, les embaumant, fourrure de thym, de laurier, de sauge, bandage de gras, de sel, d'épices, vêtus, ornés, je m'applique à me faire pardonner du sacrifice et du festin.

Le fil qui lie mon fils au repas que je lui prépare – je reste la mère de lait, de chair –, Bruce ne pourra renverser cet attachement.

Contraste entre la beauté et la misère, la puissance de la nature et la profondeur de l'ennui ; il se trame une révolte populaire contre le gouvernement, ici, à la maison, se trame un soulèvement entre les membres de notre famille ; nous sommes influencés par l'histoire de l'Algérie, nous en faisons partie, nous nous laisserons entraîner dans ses torrents et ses tourbillons.

Sur les escaliers de la terrasse, j'aide Erwan à reconstituer le petit squelette de Chine, m'étonnant du grand nombre d'os censés nous constituer. Nous commençons par la cage thoracique. Pour imbriquer les côtes, la colonne, la tête et le bassin, il faut chauffer avec la flamme d'un briquet l'extrémité des os ; fondus, ils se collent, se soudent. L'opération est délicate, le jeu est de mauvaise qualité, le squelette s'effondrera, mais cela ne semble pas atteindre Erwan, qui, sérieux, lance : « J'ai appelé Bruce tu sais. » Je ne réagis pas.

Brahim est retenu à l'usine ; dîner en tête à tête avec Erwan, nous n'évoquons ni l'école qui reprendra dans deux jours, ni Bruce, mais le ciel qui n'a pas de limite, l'infini impossible à se représenter, le mouvement des vagues, l'éternité.

Notre couple se reforme, comme la queue du lézard aussitôt sectionnée.

La nature du lien, plus forte que la nature de l'amour qui reste une menace – l'amour d'un inconnu n'est pas acquis, je le compare à une montagne, qu'il faut gravir et dont on dévale le versant sans pouvoir rester au sommet en raison du vertige que sa hauteur provoque.

Seule dans le jardin, Erwan endormi, j'éteins les lanternes, vérifie la porte du garage, Brahim stationnera sa voiture dehors pour ne pas nous réveiller, j'entends des pétards éclater, des enfants jouent sans surveillance, libres comme ne le sera jamais mon fils.

Le squelette chinois posé sur la table du salon est désarticulé comme s'il s'était mis à marcher dans notre dos, trébuchant, se brisant. L'obsession de la mort annoncerait une rupture ou une renaissance ?

Devant le miroir de la salle de bains, me démaquillant ; mes yeux, ma bouche, mes pommettes. Ma peau manque de baisers, mes mains manquent d'étreintes, mon ventre attend la jouissance, il me semble être devenue un corps vacant, une chair à prendre, un squelette à désosser, le petit jouet du Drugstore.

La fenêtre de la chambre est ouverte. Je fais le rêve du jardin qui avance, pousse dans la maison, étire ses branches, ses lianes, ses racines, grimpe, pénétrant et fleurissant à l'intérieur de moi.

III

Direction Tipasa. La mer apparaît dès la sortie d'Alger, elle prendra mon corps, le redressera. Brahim, l'Algérien, en chemise bleue, porte des lunettes de soleil épaisses, conduit d'une main, fume de l'autre, surveille Erwan dans le rétroviseur, me sourit, fixe la route. À quoi pense-t-il ? Les jours de mélancolie nous éloignent, il ne s'en plaint pas, subit, ou s'échappe vers d'autres rêves dans lesquels je ne suis pas invitée, dansant seul ou avec d'autres femmes peut-être. Je ne suis pas jalouse, cela n'existe pas. Notre voiture est un convoi rapide qui tourne de virage en virage, le ciel nous protège, il n'est pas question d'un dieu, mais de la forme des nuages, anges aux yeux bleus quand l'azur les traverse.

Les œufs durs dans la glacière.
La Mouzaïa (eau gazeuse) et le vin rosé.
La salade de riz et de tomates.
Les oranges sanguines de la place d'Hydra.
La pastèque ronde, sensuelle – le ventre d'une femme.
Le sel et le poivre dans un sachet en papier.
Le couteau pour les oursins.

Les quartiers de citron.
Le pain.
Les beignets au sucre et à la fleur d'oranger.
Le parasol aux triangles bleus et jaunes.
Les masques, les palmes et les tubas.
Le canoë orange, sa pagaie et son gonfleur en accordéon qu'il faut actionner au pied.
L'odeur du caoutchouc mêlée à l'odeur des embruns.
Les rochers comme des îlots indépendants du rivage.
La ménagère, la femme fuyante et la baigneuse bientôt.

Il me faut tout écrire, retenir, moi qui me déplace en biais du réel, marchant dans l'ombre des arbres et des monuments. Les mots sont les témoins de ce que je vis, de ce que j'invente ; photographies polaroïds de mes pensées, ils me rassurent quand je ne parviens pas à m'inscrire dans la normalité. Je suis à l'exemple de Bruce, créature d'un monde parallèle et fermé. Bruce m'effraie autant que je m'effraie.

Parfois Brahim pose sa main sur ma cuisse, la retire ensuite, sans geste de ma part, sauf celui de tirer sur ma jupe ; nos peaux ne se répondent pas à la clarté du jour, seule la nuit ouvre, autorise le désir.

Fantasme de ne plus rentrer à Alger, de poursuivre la route de la mer, nous dirigeant vers sa source puisqu'elle commence bien quelque part. Je l'imagine jaillir d'une falaise africaine, eau douce et bouillonnante qui se transforme en eau salée au contact des algues et des limons.

Les mains de mon fils autour de mon cou, il pourrait m'étrangler, je le laisserais commettre son crime sans me défendre. Erwan a tous les droits, Brahim n'en a plus aucun, à part ceux que je lui délègue : quand je laisse son désir se mélanger au mien dans notre chambre. Je n'ai pas de sensualité à l'extérieur – sensualité sociale des couples ordinaires.

Les braises de l'été ont grillé la garrigue, les arbres, le barrage végétal qui sépare la route, le ravin, de la mer, unique objet de mon désir. Les vendeurs de jonquilles, de pâquerettes, de paniers en osier nous saluent, nous roulons trop vite pour nous arrêter. Brahim les méprise : ils tiennent son enfance entre leurs mains.

Le canoë indestructible aura vogué sur les flots de Zeralda, du Figuier, du Chenoua. Je pense aux hommes sur leur frêle embarcation qui ne rêvent ni de gloire, ni de fortune. La liberté est leur seule folie.

Libre je ne le suis pas, sans une attention vers l'homme que je devrais chérir comme je l'avais promis dans nos premiers baisers, trahissant ma parole, ma jeunesse, notre avenir. Seul un accident m'arracherait à mes mensonges, à ma folie. Chaque trajet en voiture me ramène au premier voyage quand je quittais ma terre natale pour le pays que je devais sauver, qui devait me sauver ; qui suis-je ici ?

La mer est une femme qui me ressemble, elle n'est à personne, ses visages changent, se trahissent. La Méditerranée, territoire de la folie, statique malgré ses tempêtes, ne se retire jamais à la manière de l'océan qui, lui, défait sa trace pour se réinventer.

Brahim : « Les voisins ont été interrogés à notre sujet. Un homme voulait savoir si tu travaillais, si tu avais des liens avec l'ambassade de France, si je parlais en arabe à notre fils. » Les voisins ont répondu qu'ils ne me connaissaient pas vraiment, que nous semblions former une famille tranquille et sans histoire.

Joan Baez sur le radiocassette de la voiture, chant des anarchistes quand Erwan, lui, croit chanter l'amour : « *Here's to you Nicola and Bart, rest forever here in our hearts.* »

La conscience politique d'une femme au foyer – j'ai manqué mon engagement, le bradant pour « une existence sans histoire » comme l'ont indiqué nos voisins. La passion de ma jeunesse devra éclore ailleurs, mutée dans un autre combat dont j'ignore encore le nom, la forme. Nul ne se défait du cri de la révolte, des couteaux de l'injustice, du sang des martyrs.

Erwan impatient demande l'heure, il paraît inquiet et heureux, comme bien souvent ; l'enfance traverse des champs que nous ne connaissons plus, peuplés de sorcières et de fées avant que l'adolescence n'arrive et n'impose les pulsions du corps, les périls du cœur. J'aimerais tant le protéger de la souffrance, celle que l'on s'invente, celle que l'on reçoit.

La lumière d'un mirage sur la route, une barrière d'eau qui disparaît dès que nous la franchissons. Les premières ruines romaines surgissent sous les pins parasols qui les protègent, vestiges d'une arène comme si un obus avait explosé, éparpillant les pierres au pied des arbres, sur le tapis des fleurs, couronnes mauves, roses, blanches, carmin ; la nature est le cimetière de l'Histoire. Les âmes tournoient parmi les couleuvres endormies, aspirant le suc des roseaux, elles règnent sur la terre des scarabées et des coléoptères. Tipasa est une apparition. Colonnes et baignoires, travées et conduits, escalier et mirador, bris de vasques, d'amphores, empreintes des murs dont les pans ont roulé, s'arrêtant avant la plage, figés par les années, dévorés par les fossiles des coquillages accrochés aux fragments de la ville antique, vigie de la mer et des navires.

J'imagine le son des voix, la course des corps, le bruit des armes, le fracas des rouleaux dans les nuits d'attente et les jours d'espoir.

Notre crique est secrète, à distance de l'enclave aménagée, familiale. Le chemin s'accomplit à pied sous la canopée, cellule humide aux résines visqueuses dont le vacarme vient du frottement des élytres de criquets. Nous pénétrons la chambre de la Méditerranée, lieu qui pourrait être celui des corps nus, j'imagine des chairs mêlées, grimées de vase, piquées d'aiguilles de pin, recouvertes de pétales de violettes dont le désir ressemblerait à une lutte. Brahim ouvre la marche, je la ferme, notre fils au milieu, nous avançons à la façon de contrebandiers. Une échelle joint la terre au rocher de la crique, Erwan agile se hisse et me tend la main – il ne m'a pas encore oubliée. La crique est de sable d'or et de rochers paravents. Les éléments ont construit, poli un enclos dont nous seuls savons l'existence, découvert un automne à la recherche de houx et de chardons hors des sentiers balisés.

Sur la plage, le corps de Brahim revient à moi ; sous mes paumes, son ventre, ses épaules, je permets son étreinte et ses mains, carcan de soie enserrant mon corps sans vêtement. Je sors de ma nuit.

Plonger dans la mer, ramenée à mon état premier, horizontale, flottante, souvenir de ma mère sur une plage de Bretagne, les mains dans le dos scrutant l'horizon comme si elle attendait le retour d'un marin, du bonheur ; et si elle m'avait transmis la maladie de la mélancolie avec la couleur de ses yeux, ses taches de rousseur, son corps athlétique ? Sous moi s'agitent la faune et la flore marines dans un espace aussi peuplé que la ville d'Alger, l'eau est profonde, j'imagine des cratères engloutis, des vallons de sable, des trous de vase, des épaves, des ossements, noyés, naufragés, fantômes de la mer.

Sur le dos, déviant vers le large, j'entends le bruit de mon sang, de mon cœur, de ma respiration – symphonie interne, je pourrais me laisser dériver aussi loin que possible, ne pas revenir, accoster sur une île, refaire ma vie. Dans ma rêverie je n'entends pas Erwan appeler depuis le bord de la plage.

Le vol des oiseaux entre les bandes que laissent les avions de ligne, ils suivent un couloir tracé vers l'Afrique, couloir qu'il me suffirait d'emprunter, si j'avais des ailes, pour fuir, me sauver.

Je ferme les yeux contre le soleil, l'eau est chaude, mes bras sont en croix. Brahim doit être en train d'organiser notre place, calant le parasol avec des pierres, nos draps de bain dépliés, immaculés sur le sable, lui, avec son maillot rayé, ses fesses et ses cuisses fortes, musclées, lui que l'on pourrait prendre, avec sa barbe, ses cheveux épais, grisonnants, pour un Robinson hollywoodien dont Erwan serait le compagnon d'armes.

Notre crique est l'un de mes rares bonheurs algériens, je m'y sens en sécurité car oubliée ; nul voyeur dans les buissons, le chemin serpente entre les arbres, invisible depuis la route nationale, la plage est difficile d'accès.

Sous l'eau, paysage flou de coraux, d'algues, chevelures vertes, mordorées, mousses rondes, gluantes collées aux rochers, voûtes brisées d'un royaume que l'on aurait assiégé ; les oursins, nombreux, font penser aux châtaignes. Je manque d'oxygène. Je remonte à la surface, nageant vers le rivage sans encore entendre Erwan appeler, battant l'eau avec mes pieds comme si je battais la mesure de ma nage crawlée, respirant en deux temps sans perdre ma vitesse, espérant l'admiration de mon fils.

Les trahisons les plus cruelles sont peut-être celles auxquelles on s'attend le moins.

Je m'approche du rivage, Erwan n'est pas seul, un enfant et une femme se tiennent à ses côtés, il fait de grands signes dans ma direction. Je reconnais la silhouette, le visage de Bruce, son air de défiance. Elle est parvenue à ses fins, gagner la confiance d'Erwan et l'adresse de notre crique.

« Catherine Bousba.

— Michèle Akli.

— Vous connaissez ma fille, Bruce, je crois ?

— Oui. »

Je ne connais pas Bruce, je me soumets à Bruce, à sa force, bien plus grande qu'elle n'y paraît. Elle a choisi mon fils, je ne peux pas lutter. Pourquoi Erwan ? Pourquoi La rivière ? Sans doute parce qu'il faut le délivrer des serres de l'enfance et que je n'ai pas le courage de le laisser s'envoler. Bruce va faire le travail à ma place ; elle le fera bien, je l'imagine consciencieuse avec Erwan comme elle l'est avec elle, travestie à la perfection.

La mère et la fille au bord de l'eau, deux corps de quartz, les peaux brillent de milliers de gouttelettes roulant des épaules aux chevilles. Elles viennent de se baigner, sont arrivées tôt, la rosée couvrait les feuilles des arbres de la forêt, elles se sont crues perdues avant l'échelle, avant l'éblouissement, la stupéfaction. Personne ne peut s'attendre à une telle surprise de la nature, un cadeau des dieux – beauté du lieu, de la mer comme enclavée, presqu'île déserte, enclos inconnu, abrité du vent, de la houle par des remparts doux quand on les caresse, roches surgies du magma, polies au fil des tempêtes, des orages. Elles se sont installées à l'extrémité, ne voulant pas déranger (mensonges), cachées derrière un rocher. Je m'en veux de ne pas les avoir vues en arrivant, de ne pas avoir été préparée à cette rencontre livrant mon malaise, ma fragilité, l'âme nue et désarmée. Catherine Bousba a lu en moi comme Bruce avait lu en moi au premier jour de notre rencontre.

Le guet-apens.

J'éprouve de la haine contre Erwan.

Catherine, en me touchant l'épaule (pour qui se prend-elle ?), me remercie pour l'adresse secrète.

La brave femme que je suis.

Bruce au sourire de loup.

La nature fond tout autour de moi, il me faudrait une rampe à laquelle me tenir, un socle sur lequel me dresser, je vacille.

En arrière-plan, Brahim sous le parasol fume et observe la scène comme s'il était un personnage secondaire, image témoin qui ne quittera pas l'espace qu'il occupe, ne saluant ni Bruce ni Catherine Bousba, attendant mon signal, par crainte de se mêler d'une affaire qui ne le concerne pas, une affaire de femmes, de mères. Catherine a choisi sa cible, Bruce a choisi la sienne. Nous sommes, Erwan et moi, entre leurs mains.

Bruce n'a rien de sa mère blonde, mère-actrice même si elle ne l'est pas. Je lui trouve une ressemblance avec Catherine Deneuve par mimétisme, identification (le prénom) ou simplement par sa beauté – beauté de notre époque, de nos années soixante-dix. Ses cheveux longs tombent en cascade d'un seul côté de son visage, elle porte de l'or, fines chaînes sur son torse, alliance simple, une petite montre de luxe, ses ongles sont vernis, aux mains, aux pieds, rouges sous l'eau claire. Son maillot est un bikini noir, noué sur les côtés. Bruce est contre elle, son bras à sa taille, elle est son compagnon, son amoureux, son soldat même si cette femme ne doit avoir besoin de personne pour se défendre. Elle a investi le lieu, la crique, le bord de l'eau, bientôt la Méditerranée, scellant son empreinte à la manière des coquillages sur les colonnes romaines.

Bruce porte un short serré qui s'arrête à mi-cuisse, la peau de son corps est plus foncée que la peau de son visage, son ventre est celui d'un garçon, elle est mieux faite qu'Erwan, pour l'instant (ma jalousie).

Mon fils ne me tient ni par la taille, ni par la main, il creuse avec son pied un trou, soulevant le plancton, les graviers, détruisant à sa façon le paysage paradisiaque, il est gêné, non par Bruce, mais par Catherine Bousba. Rien ne penche, ne trébuche, ne tremble en elle, vertige de perfection, d'équilibre, je pourrais tracer des lignes comme celles qui relient les planètes les unes aux autres dans les manuels scientifiques, front, clavicule, nombril, hanche, genou, cheville, la grâce évolue sur chaque partie du corps. Elle n'est ni grande, ni petite, son corps est taillé pour le désir des hommes, des femmes, nous foudroyant dès le premier regard comme si elle lançait au visage des poignées de pétales de roses et de cristaux.

Deux rôles pour l'actrice-l'amante ou la rivale tandis que je sens mon corps s'enfoncer dans le sable humide, perdant des centimètres, me courbant pour obéir à sa voix, à ses yeux bleus criblés d'orange, Catherine Bousba l'extraterrestre et sa fille-garçon. « Nous sommes perdus Erwan », me dis-je, assoiffée, capturée. Je nous fais penser à des naufragés. J'ai besoin de Brahim, qu'il vienne me chercher, me ramener à lui, je resterai à ses pieds, sur le drap de bain, tel un chien qui ne veut pas quitter son maître, mais je l'ai déjà quitté, le destin s'active, je m'y plie.

Catherine plonge suivie de Bruce, poisson-pilote qui se pose sur son corps, elles voguent en couple vers le large, Erwan les suit, chien à son tour qui ne pourra suivre la cadence. Elles ne l'attendent pas, ne se retournent pas, savent qu'elles ont gagné, fêtent leur victoire dans un éclat de rire qui avale les falaises, le soleil.

Alger abritait cette femme et je l'ignorais.

Mes tours de garde dans le jardin de notre maison et l'ombre planante de son immeuble, durant toutes ces années.

Seul le vin peut délivrer.

Sous le parasol, mendiante de la crique, détrônée de mon royaume, j'observe les deux nageuses revenir vers le rivage, vers Erwan qui a rebroussé chemin, attendant assis au bord de l'eau, petit garçon qui ne fait plus son âge. Brahim a compris, sourit, croyant être ma force, il tombera, lui aussi. Je le laisse m'embrasser, faire l'homme et l'amoureux, notre mensonge ne tient pas, tentant de reprendre le lieu et le fil de notre histoire ; notre fils accourt, dos au danger.

La douceur d'Erwan près de moi, je ne lui en veux plus, lui pardonne, il me ressemble tant. Catherine et Bruce à quelques mètres comme si je les tenais dans le viseur d'une carabine.

L'effet du vin, la pastèque, le craquement des pépins sous mes dents, la crique devient un parchemin, je sais où se trouve son trésor : Catherine est allongée sur un rocher, le soleil est revenu, elle s'ouvre à lui, prend sa lumière, en jouit.

Le corps de Bruce est un mystère : l'enfant a changé l'ordre des forces, le sens des sangs, des lymphes, déséquilibrant ce qu'elle a reçu à la naissance, inventant son propre équilibre, sa seconde nature. Je la regarde lancer des galets, faire des ricochets – tracé de ses muscles, puissance de ses épaules, finesse de son squelette : la structure de ses os la trahit, elle doit en souffrir. J'en ris, ma vengeance se trame ainsi, par pensées empoisonnées.

Erwan la rejoint, elle le tient par la nuque (le chien encore), vision insoutenable de deux garçons enlacés.

Le vin, camisole m'empêchant de me lever, de les séparer, de défaire le lien maudit. Bruce reste une créature, je n'ai aucune perception de sa féminité, aucune imagination. Bruce est seule au monde, Erwan ne sera pas son modèle, mais son sujet, expérimentant le corps de mon fils pour en absorber la virilité.

La lumière tourne, les personnages de la crique suivent son mouvement circulaire, chacun se déplaçant vers un objet, Catherine se relève du rocher, Brahim quitte notre parasol, Erwan s'écarte de Bruce trop brutale. Je prends un couteau, mon masque, un filet pour les oursins.

Sous l'eau, l'univers est grossi par la vitre-loupe de mon masque de plongée, je préfère la mer à la terre, ses alcôves mousseuses, ses poulpes bruns, ses coquilles de nacre, ses organismes crachant des bulles, son sol accidenté, fertile, ses mollusques aux chairs jaunes et visqueuses, la vie bat, s'épanouit, explose, s'autoengendrant, elle est éternité.

L'image de Catherine ne me quitte pas, cambrée, l'huile solaire mélangée aux gouttelettes d'eau sur sa peau ; que se passe-t-il en haut, sur la plage ? Brahim avance peut-être vers elle, profitant de mon absence, l'entraîne vers la forêt humide, la gifle, dénoue son bikini d'un geste sec, l'agressant pour la punir de sa présence, de celle de Bruce, de la menace qu'elles inoculent en moi aggravant ma maladie de la mélancolie.

Quand je remonte à la surface pour reprendre mon souffle, j'entraperçois les trois silhouettes distinctes, séparées ; toutes me surveillent, je replonge. Les oursins ne résistent pas, se laissent prendre, je remplis le filet, ils sont lourds, charnus, noirs, marron, violets, des œuvres, mon trophée surprendra. Je veux séduire la mère de Bruce – séduire une femme reviendrait à me séduire moi-même, moi qui n'éprouve aucun désir pour mon corps, répugnant à me toucher, à me donner du plaisir, à le mépriser quand il surgit.

Les désirs superposés tel un mille-feuille, deux couples se forment dans mes pensées : Erwan et Bruce, Catherine et moi. Le vin me rend folle.

Brahim est hors de mes plans, égaré. Je suis la Française, il est l'Algérien, nous poursuivons l'échec de l'histoire de nos deux pays, les liaisons, les passions froides, elles vont perdurer, je le sais, après nous, de siècle en siècle, nul ne se remet de la possession territoriale.

Sous l'eau, je pense à Erwan qui nageait dans mon ventre, entortillé au cordon, dépendant, si attendu, l'unique enfant, je ne voulais que lui. Je me représente Bruce en position verticale sans raccordement et l'air méchant. Ici on dit que l'encre de seiche fait tourner les grossesses, Bruce est un produit de la sorcellerie, un succube. J'imagine des poils, des griffes gisant sous sa splendeur.

Je dépose le filet des oursins au pied d'un petit rocher plat qui pourrait ressembler à une table, Brahim me rejoint avec le vin, le pain, les citrons, Erwan et Bruce arrivent, suivis de Catherine. Sans un mot nous avons décidé de partager un festin. Une histoire commence, je perds le contrôle, me laisse faire, le soleil sur ma peau, mes épaules, dans mon dos, sur ma nuque comme une main qui me tient, me sommant de succomber à mon désir.

Brahim et Catherine n'ont nul besoin de se présenter, ils savent qui ils sont, nos enfants ont fait le lien. Ils se tiennent face à face, tantôt comme des adversaires (pourquoi ?), tantôt comme des complices. Brahim raconte son Algérie, les montagnes de la Kabylie, le petit village, la nature rebelle, les hivers glacials, le départ pendant la guerre, sa passion pour le papier (son usine), pour les lettres, la culture française, saisissant ma main que je retire aussitôt avec un sentiment de honte, gênée d'être la femme d'un homme que je n'aime plus. Catherine évoque sa France, Paris, l'ancrage qu'elle rejoint plusieurs fois par an, les arts, la liberté, l'Europe. Elle évoque sa rencontre avec le père de Bruce, pétrolier, les hasards de la vie, sa « tentation » de l'Algérie, pays folklorique vu de loin, plus étrange qu'il n'y paraît quand on y vit même si elle se sent en transit, ne restera pas, « le monde est si vaste, notre temps si court » puis, attirant Bruce, elle confie sa fascination pour cette terre libre et nouvelle qui a un destin politique : « Les grandes révolutions se poursuivent après les fusils. »

Je fuis son regard, y reviens, baisse les yeux, la fixe à nouveau. Elle n'est plus la cible, je ne suis plus le tireur. Je découpe les oursins, image de petits crânes que l'on dissèque, je les vide, les nettoie, les dispose sur une assiette, presse le citron sur la chair.

Le vol des heures suspendu – la chaleur, l'odeur des algues sèches, Alger n'existe plus.

Catherine Bousba passe sa langue à l'intérieur de la coquille de l'animal dont le corps ressemble au sexe d'une femme, elle aspire la corolle rouge sang comme si elle aspirait le centre de mon être.

Le vin de main en main, le pain, le citron, le partage du plaisir et un enjeu dont nous avons, Catherine et moi, conscience.

Elle s'adresse à mon fils avec dédain ; Erwan doit lui apparaître trop lisse, petit garçon rangé, calme, son seul intérêt à ses yeux étant peut-être la fascination naissante qu'il éprouve pour sa fille. « Alors Erwan, dernière année avant le lycée ? » Je comprends qu'elle le trouve trop petit, trop maigre, immature, avec sa casquette de marin breton et sa canne à pêche. Mon fils merveilleux.

La rivalité des mères, des femelles (trivialité de ce mot).

Elle a changé Bruce d'école, elle était au Golf avant et cela se passait mal.

J'imagine Bruce en tyran, malmenant les écoliers qui tentaient de l'approcher ou en victime, recevant des jets de pierres et de crachats.

Nos enfants jouent au bord de l'eau. Bruce ordonne à Erwan de creuser plus en profondeur la base de la forteresse en construction, mon fils s'exécute comme je pourrais m'exécuter si Catherine m'ordonnait de m'agenouiller et de lécher son ventre.

La liberté que donne le vin puis les images opportunistes qui surviennent et m'effraient : les jeux sexuels entre Erwan et Bruce, ce tableau contre nature. Je me fais la promesse de rester vigilante, d'intervenir un jour si la limite est franchie, si mon fils est en péril.

Et si la nature de Bruce se déversait dans la nature d'Erwan ?

Brahim s'avance dans la mer, s'accroupit, mimant le geste de la brasse avec ses bras ; vision pathétique, je détourne mon regard, espérant que Catherine n'ait pas compris que mon mari ne savait pas nager. Je suis sans pitié, la présence de Bruce et de sa mère, à la manière de la vitre-loupe de mon masque de plongée, accentue les défauts, en révèle d'autres.

La peau de cette femme, le parfum qui s'en dégage, parfum capiteux mélangé à la moiteur des aisselles, des plis de la nuque, des cheveux clairs de sel. Elle se baigne, tête sous l'eau, j'imagine son ventre entre la surface et les fonds, tendu, brisant la courbe des vaguelettes.

Brahim gonfle le canoë pour les enfants, fumant d'une main, pensif. Je me demande si la beauté de Catherine le trouble, s'il est gêné par moi comme je suis gênée par lui, par nous, le couple mal assorti.

Mon désir sera différé, jouir après la scène de la crique, dans quelques jours pour le défaire de son origine (le lieu, Catherine) comme si je coupais les racines du désir pour ne pas avoir à reconnaître qu'il est nouveau, étrange, inapproprié. Je n'ai jamais été attirée par les femmes, j'y suis indifférente, d'habitude, j'y vois un autre désir, celui de la liberté, de la beauté, de l'ivresse, derrière celui d'une femme dont, en apparence, je n'ai pas envie.

La voix mesurée de Catherine Bousba, ballet de mots, orchestre de phrases.

L'écriture est inférieure à l'image filmée : elle ne reproduit pas à l'identique la dimension d'un personnage, le son qu'il émet, les lignes de son mouvement qu'il trace en se déplaçant, l'écriture échoue là où l'image restitue l'intégralité d'une action.

La frustration à l'intérieur des carnets.

Le briquet en argent massif de Catherine, sa façon d'allumer sa cigarette, la tête penchée, de la garder entre ses doigts, menthol fine extra light. Les volutes passent devant ses yeux comme des petites âmes qui s'envolent vers le Très haut.

Le canoë à l'eau, Bruce en occupe la proue, tient la pagaie. Erwan au fond du bateau se laisse conduire, non en pacha, mais en marin aux ordres de son capitaine. L'embarcation navigue entre deux falaises, couloir sensuel, ouverture vers un nouveau monde qui n'existe pas, qu'il faut imaginer, comme tout ici, pour ne pas mourir d'ennui. Erwan, je le sais, surveillera les fonds espérant y découvrir une épave tandis que Bruce lui fera une démonstration de force, ramant debout, défiant le large et les courants.

Catherine est endormie ou fait semblant de dormir, je surveille nos enfants partis en mer. La crique ne sera plus notre crique, je me sens dépossédée comme le jour de ma rencontre avec Bruce : il m'avait suffi de quelques secondes pour saisir son projet, ravir mon fils, le transformer et me le rendre amoindri, abîmé (ma folie).

L'idée persistante que l'on me veut du mal, que je suis épiée, attendue ; ne serait-ce pas la voix de ma conscience m'observant, me punissant de ma méchanceté ?

Catherine se lève, retire de son panier une chemise blanche d'homme qu'elle a transformée en robe courte, nouée avec une ceinture de cuir. Elle brosse ses cheveux puis les attache sans épingle dans un tourbillon de mèches.

Elle disparaît derrière la roche, descendant la petite échelle rouillée. Son rire encore. Elle se moque de moi, je m'inquiète pour elle. Je suis mon propre danger et je pourrais être le sien, pire que les hommes d'Alger, pire que la ville qui engloutit, moi, la femme en perdition.

Dans ces minutes de plomb, l'effet de l'alcool dissipé, je regarde Brahim, l'homme, à genoux, lisser avec un galet les tours de la forteresse de sable. Nous sommes à des milliers de kilomètres l'un de l'autre, comme Tipasa de Brest. Ma mémoire est un mausolée fermé à double tour, je ne pense plus à ma famille française, ils reposent en moi, n'existent plus.

Un point orange sur l'eau, il contient mon fils et son assassin.

Je cherche des algues larges, fraîches, luisantes, pour notre jardin, engrais marin qui fera grandir les jeunes plants de mimosas et de genêts. Dans l'air, le parfum de Catherine Bousba, Must de Cartier.

Mon maillot une pièce, sous le parasol, bien plié, ma jupe longue, mon chemisier fleuri – être mal dans ma peau, mal dans mes vêtements, mal dans mon esprit. Ma féminité s'est évaporée. Je rejoins Brahim, j'aimerais l'appeler « mon amour », mais rien ne vient ; nos mains bâtisseuses, nous construisons une forteresse pour protéger Erwan de Bruce.

J'imagine Catherine égarée dans la forêt, faisant une mauvaise rencontre, allongée dans les fougères, cercueil touffu, un filet de sang aux lèvres, sa chemise en lambeaux, puis je suis son agresseur, remplaçant Brahim dans mon fantasme, la possédant par la violence. Je deviens l'ennemie des femmes me rangeant aux côtés de mes amants rêvés et sanguinaires ; ma frustration est grande. Je ne vaux rien et je déteste cette pensée.

Le ciel est jaune pâle, l'été se retire, le temps est une flèche nous propulsant vers un avenir effrayant. Catherine et Bruce sont dans notre vie, nous ne parviendrons pas à nous en défaire sans le concours du malheur.

La fidélité de Brahim me donne envie de pleurer, aucun jeu de séduction face à Catherine. Le serment d'amour ou l'esprit de sacrifice ? Il restera près de moi jusqu'à la fin de nos vies et ce constat est lugubre. Nous sommes encastrés l'un à l'autre, brisés, accidentés, irréparables.

Les ruines de Tipasa, la nostalgie. La mer rend fragile, mon corps est épuisé par le bain, par l'irruption de Catherine à laquelle je ne m'attendais pas, par l'étrangeté de Bruce (je ne m'y fais pas). Ma famille est réduite au rang de victime. Tous les trois complexés, nous manquons d'insolence, d'ambition. Brahim n'est peut-être pas si fidèle, il sait qu'il n'a aucune chance. Quel homme auprès de la mère-actrice ? Quel père auprès de la fille-garçon ? Je l'imagine à l'opposé de Brahim, absent (il est à l'étranger), charmeur, volage, insaisissable.

Je dessine sur mon carnet un triangle pour la famille Bousba, un cercle pour la famille Akli. Nous sommes si différents.

Le mystère des femmes est plus grand que le mystère des hommes. Je choisis Catherine. La distorsion du désir et de la réalité : moi non plus, je n'ai aucune chance.

Des petites fleurs dans le sable, poussant hors de la forêt dont les racines me font penser à des bras immenses, serpentant sous la terre jusque dans la mer, fleurs tournesols miniatures parmi les algues, les vers, les bris de coquillages, les cordages des filets ramenés sur le rivage par les vagues. La vie est plus forte que tout, je pourrais éclore sur une autre peau, m'épanouir sur une autre chair.

Bruce et Erwan reviennent. Je ne dirai rien de mon inquiétude, la créature n'attend que cela. Elle pousse mon fils dès qu'ils atteignent le bord, Erwan tombe, se relève sans protester, je laisse faire, j'y vois un rite d'initiation et l'attribution définitive des rôles. Mon fils porte une écorchure sur le flanc droit, il ne m'appartient plus.

J'écris notre histoire en toute vérité, jurant, la main sur le cœur.

Photographie. Bruce se tient à la pagaie, plantée dans le sable, Erwan les bras croisés est parallèle au corps parfait de son amie. En arrière-plan, la mer est sombre, le ciel pâle, la lumière est une poudre sur les modèles.

Sur l'image polaroïd, Bruce occupe toute la dimension du cliché, Erwan à ses côtés est flou en dépit du même point de vue, l'objectif a capturé l'esprit de mon fils troublé par sa chute, par ce qui nous arrive.

Bruce le tanagra, le lionceau, Erwan le faon, carnation, dévoration d'un enfant par un autre. Catherine surgit de la forêt, une brassée de bruyères contre sa poitrine, « pour vous Michèle ». Je suis la mariée et la victime, l'élue et la servante, les plantes mauves, sèches, piquent ma peau. Catherine a détaché ses cheveux, je fixe les stries de ses lèvres : les mordre pour venger mon fils.

Nos quatre corps au centre de la crique, deux adultes, deux enfants, un halo magnétique nous relie les uns aux autres ; en dehors, exclu, le corps de Brahim dont on aurait vidé le sang, cherchant un endroit pour cacher son agonie. La soirée le sauve, il faut partir avant la nuit ; rassemblant nos affaires en silence, chacun se parle à soi-même, défie l'autre en secret.

Catherine et Bruce nous devancent, happées par la forêt. Elles ne nous attendent pas, marchent bras dessus, bras dessous, deux amoureuses éprises d'aventure, Bruce porte un débardeur blanc sur son maillot, elle me fait penser à une enfant sauvage trouvée dans une grotte, élevée par des animaux dont elle aurait acquis l'instinct de survie, douée d'une intelligence particulière, rapide, logique, sans humanité, l'autre étant l'adversaire ou la proie. Le parfum de Catherine ouvre un second chemin, posé sur le premier, chemin aérien qui m'emporte vers mes rêveries. Quand la reverrai-je ?

Sur le portail de notre maison, une croix à la craie, nous l'effaçons, elle n'existe pas. Le jardin n'a pas été visité, aucune trace de pas, d'effraction, le garage est bien fermé. J'entends le téléphone sonner derrière les baies vitrées, aucun de nous trois n'y répondra, étourdis par les éclats du soleil ; Brahim et moi, nous n'évoquons pas Catherine Bousba et sa fille, faisant comme si de rien n'était, comme si cette rencontre était anodine, qu'elle ne dévierait ni le cours du temps ni celui de nos vies. Ce que l'on ne désigne pas, n'existe pas.

Les algues visqueuses, larges, foncées, recouvrent la terre du jardin, la colonisent, terre à présent iodée, salée, avalant les cataplasmes marins pour devenir plus fertile, plus résistante, changeant sa couleur interne. Le sol du jardin semble onduler au gré du mouvement des algues qui serpentent dans les tréfonds, plongeant dans la nappe phréatique dont elles inverseront la douceur et l'alcalinité.

La peau des pêches qui se défait sans résistance sous le petit couteau Opinel qui les découpe, la chair tendre, morcelée que je donne à mon fils pour le rafraîchir. Le soleil lui provoque une légère fièvre dont il ne se plaint pas, dans son lit, sans avoir dîné, empli du souvenir de Bruce, de la traversée en canoë, de la crique qu'il nomme « Le cirque » – simple erreur ou symbole du spectacle qui s'y est donné ?

Tentation de l'alcool, assise sur les marches de la terrasse, fumant une cigarette puis volonté de rester dans la « réalité » de Catherine Bousba, de ne pas en perdre la trace dans mon ivresse, de respirer son parfum exact, de fixer le vrai bleu orange de ses yeux, d'entendre sa voix sans inventer un son et une narration qui n'existeraient pas. Me tenir fidèle à la première image, l'effroi et l'émerveillement quand sortant de l'eau je la comparai au mirage apparu sur la route de Tipasa, scintillante – pierre précieuse et volcanique. Et occuper mes désirs, l'élan et la haine sans devoir choisir entre la chute ou la maîtrise.

Les dents trop grandes de Bruce et sa voix voilée.

La montre au bracelet en maille d'or au poignet de Catherine.

La classe sociale de la famille Bousba, le pouvoir et l'argent s'y associant.

Les mots précis de Bruce, sa poésie ou son éducation ?

Le père de Bruce dont nul ne mentionne le prénom.

La chemise d'homme, l'évidence de leur sensualité, de leur érotisme : l'épouse porte le vêtement de l'absent.

Mes gestes désarticulés (l'embarras), comme si mon corps pendait à une cordelette qui en actionnait le mécanisme.

Brahim que j'aurais dû enlacer pour fixer les règles du jeu.

Je bêche, retourne, ouvre la terre au pied du petit arbre de Bou Saada, y enfouis les bruyères de Catherine, espérant les voir grandir sous les palmes, témoins de mes sentiments, moi qui n'ai personne à qui livrer mes confessions. Ma solitude est plus grande depuis la crique, le secret est mon destin. Le désert me manque, nous y serons pour Noël, je crains mourir (en moi) avant.

Sur la platine, la voix de Faïrouz chante *Habaytak Bisayf*, mon titre préféré. J'ignore si Brahim veut me ramener à lui ou me délivrer pour Catherine. Il me regarde, depuis le salon, je lui souris, ces mots ne sont plus les nôtres :

« Je t'ai aimé en hiver, je t'ai aimé en été. Je t'ai attendu en hiver, je t'ai attendu en été. Tes yeux sont l'été et mes yeux sont l'hiver. Nos retrouvailles, ô mon amour, sont par-delà l'été et l'hiver. »

J'ai envie de jeter mes carnets au feu, de les purifier.

L'été disparaît.

Enfant je rêvais d'une Algérie mystérieuse, orientale, Algérie de palais, de dunes, de princes, de chevaux pur-sang, de jardins d'Eden, de lande verdoyante, Algérie peuplée de marabouts, de nymphes dissoutes dans la vapeur des hammams, Algérie de contes, de légendes et de druides, pays qui, j'en étais certaine, m'attendait, me transformerait – au début de notre histoire Brahim fut mon promis, me délivrant de mes tristesses, de mes excès (les obsessions) puis j'ai pris sa force, régnant sur ma maison et dans le cœur de notre fils, me rendant seule en ville, marchant parmi la foule, solitaire et fataliste, me noyant dans les entrailles d'Alger, ville méduse et féminine malgré les hommes, en masse, agglutinés. Tout ramène ici à l'obsession des corps, du désir, de la jouissance, de la frustration.

L'amour, quotidien, domestique me relie à la mort, je ne suis pas normale, je le sais, l'assume. Ma vie est avant moi comme si j'avais manqué un chemin, le bon chemin, je n'avance pas, je suis statique, si un cataclysme survenait je serais la dernière à quitter les lieux, immobile et tétanisée par le chaos.

À quel âge peut-on être assuré d'avoir raté sa vie, d'avoir raté son amour ? Les années qui viennent devraient être des années de réparation, de consolation, je sais qu'il n'en sera rien, entraînée dans le destin d'une terre qui étouffe sa colère.

Quand Catherine Bousba a dit « je n'ai peur de rien ici », j'ai pensé qu'elle n'avait pas peur des hommes, qu'elle cherchait leur compagnie, soit pour les séduire, soit pour les humilier. J'ai pensé aussi qu'elle s'était adaptée à la terre algérienne, à sa folie qui ne semble pas la transpercer.

La peur est une maladie, une façon de regarder le monde sans lui accorder ni joie ni espérance.

Brahim s'interdit d'évoquer la mère de Bruce, il sait le torrent de mots qu'elle provoquerait, préfère ne pas assister à la naissance d'une passion, éludant le sujet. Son silence est une sorte de nouveau lien entre nous – ne rien dire pour ne pas avoir à en souffrir. En signe de respect, j'abandonne, un temps, l'écriture de mon carnet.

IV

Mes gestes sont scrutés par un œil dans le ciel. Un cyclope me surveille depuis les nuages. Ennui et culpabilité. Mon retour aux mots scelle ma trahison. Je te demande pardon, Brahim.

Je conduis Erwan à l'école dans l'espoir de rencontrer Catherine. Elle n'apparaît pas, volatilisée. Erwan monte les marches de l'établissement. J'attends dans la voiture.

Je me rends à l'immeuble Shell, me gare près de la station-service. La résidence est interdite, il faut passer le barrage du gardien et décliner son identité pour y avoir accès. Je dessine le lieu dans mon carnet, arc de cercle, bunker de guerre.

Marché de Chéraga. Pommes, céleri, persil, navets, potimarron, je fais des réserves de légumes, de fruits – cuisiner occupe mon esprit –, m'affairant au lavage, au raclage, à la découpe, comme si je m'occupais du corps de Catherine, l'enroulant, l'ornant, la lubrifiant.

Dans les travées du marché l'odeur des hommes de la campagne, les mains abîmées par la terre, les visages vieillis par le travail, le soleil. Les sourires sont cassés, ils font penser aux maquisards qui se laissaient prendre en photographie devant leur abri, images trouvées dans les affaires de Brahim, cousins, résistants, inconnus. Les femmes pieds nus dans des sandales en plastique, la finesse des chevilles, le Henné colorant la peau. Les bracelets dorés, au nombre de dix, de vingt, la dot des mariées.

Je me perds dans le marché, je me perds dans mes pensées, personne ne fait attention à moi, ne me remarque, je suis une mère.

Un chien accroché à une cordelette près d'un homme assis avec un verre de lait, un mendiant ou un dresseur.

La foule. Je pourrais me laisser toucher par toutes ces mains sans m'en défendre. J'imagine Bruce maltraiter Erwan, le piquant avec la pointe de son compas, le faisant trébucher dans la cour de récréation, l'obligeant à monter sur la barre du portique, à se jeter dans le vide.

Le chocolat, le fromage blanc, le concentré de tomate, la farine, les paquets de sucre, de semoule, réserves dans ce pays qui souffre de pénuries. La révolte viendra des démunis, les milices promettent de rendre la victoire à ceux qui ont gagné physiquement la guerre.

Milice politique ou religieuse.

Si j'avais écrit dans mes carnets pendant la guerre d'Algérie, j'aurais tenu le compte des morts. Si je devais avoir un carnet d'anticipation, mes mots compteraient encore les morts. Ce carnet serait écrit à l'encre rouge. J'ai la prémonition d'une guerre inédite.

Le jeune pays algérien, comme on le dirait d'un jeune homme à la beauté frêle et grandissante.

Quelle vie, de ces hommes, de ces femmes du marché ? Catherine a raison, nous manquons de temps pour déchiffrer le cœur de chacun. Tant d'histoires à vivre, tant de rendez-vous manqués.

Je pourrais rejoindre Brahim à l'usine, le surprendre, me jeter à son cou, l'embrasser devant ses employés. Je prends la direction inverse, rejoins le centre-ville, les hauteurs et me gare sous l'immeuble Shell. Un militaire me prie de ne pas rester pour des raisons de sécurité, l'ambassade de France est mitoyenne.

Je tourne, espérant rencontrer celle qui a disparu, ne se montre pas, par indifférence, par stratégie. Je ne suis pas importante, seul le temps recouvre nos jours. La crique est un souvenir qui s'efface.

J'ignore comment les soirées se déroulent dans l'immeuble Shell.

On dit qu'une femme traverse le parc en sifflant l'air de *Min Jibalina*, le chant des patriotes.

Son assise est instable, le vent continu.

Des habitants ont découvert dans un faux plafond des sabres et des coupes de champagne, enroulés dans du papier journal.

Une citerne contenait des dollars, des deutschemarks, des francs, les devises comme on dit ici.

Un clochard dort dans les hautes herbes entre les murs d'une dépendance en ruines qui deviendra un jour une mosquée d'après les habitants du quartier.

L'immeuble possède sa légende, j'inventerai celle de Bruce et de Catherine.

Les soirs frais, le ciel encombré de nuages, vaisseaux passant d'une rue à l'autre, transportant des messages vers l'Europe. Seule dans la cuisine j'entaille le gigot d'agneau pour y introduire l'ail, des branches de thym, de romarin, transperçant la viande. Je m'applique comme si j'administrais un supplice. Je me venge de ma solitude, mes journées sont longues, mon avenir flou.

Le vin rouge, chaud, lourd puis les gestes quotidiens du jardin qu'il faut ordonner avant les gelées, le préparant à la saison comme je me prépare à une relation.

Brahim a disposé des morceaux de verre au sommet de la façade principale de notre maison, celle qui donne sur la rue, « par précaution ». La menace est ailleurs. Je suis une femme qui manie aussi bien les couteaux que la trahison.

Dans le four, le gigot gicle, gorgé de jus, de sang, grillant à ses extrémités, là où s'attachent les parts les plus tendres.

Erwan en pyjama devant son feuilleton « Poigne de fer et séduction », Brahim est sur le canapé, image d'une famille idéale, chacun occupé à sa fonction, à son loisir.

Brahim : « Ne parlez de politique à personne. Ne prononcez pas le nom du président au téléphone. »

Le manque de tendresse rendrait paranoïaque.

Les paroles de la chanson du générique du feuilleton d'Erwan : « Dans les rues et dans les avenues, on peut vendre son âme au diable si l'on veut, ce n'est pas difficile, parfois trop facile. »

L'équilibre du pays est symétrique à l'équilibre de mon esprit. Je laisse le vin m'envahir, la dose est suffisante pour décoller du sol sans que personne ne s'en aperçoive.

Je pense à la ville qui s'ouvre à la nuit, au destin des femmes que les hommes brisent. Je me demande à quoi ressemble la nuit de Catherine, je l'imagine traîner vers le port, provoquer le danger, tenant Bruce au bout d'une cordelette pour ne pas la perdre comme le mendiant dresseur du marché.

Les hommes doivent la respecter, elle seule décide. Je dois la revoir et apprendre de ses leçons.

Catherine a laissé grandir la nature de Bruce pour rester la seule femme de la famille.

Dans les bras de Brahim, je joue à l'enfant, m'endors dans son odeur de savon et d'eau de Cologne. Il n'est pas mon père, reste celui d'Erwan quand je lui en donne la permission.

Le téléphone sonne, me réveille, s'interrompt. Le jardin dans mon rêve s'est retiré, il est monté vers l'immeuble Shell, recouvre sa façade, de ronces, d'orties, d'épines et de lichen.

Ma jupe longue, mes escarpins, mon chemisier ivoire, un gilet beige, une broche. Je maquille mes yeux, mes lèvres, je me parfume, creux des coudes, des genoux, carotide, je provoque ma chance.

Avant d'accompagner Erwan, je prépare un mille-feuille de biscuits trempés dans du café ; au froid durant plusieurs heures, aggloméré, durci, je le couperai en quatre ou six parts.

Je traverse un paysage familier et étranger. Je regarde notre chambre, notre jardin, notre maison avec l'intuition d'y revenir changée par un événement.

L'automne mêlé d'été, le climat algérois. Je siffle, comme la femme fantôme de la résidence Shell, l'air du chant des patriotes.

La guerre des hommes. Tipasa antique, Palestro, bataille d'Alger. Et demain ? Au piège de la ville, enfermée dans ma maison, attendant mes bourreaux, je n'abandonnerai pas l'Algérie, elle est mon dernier pays, ma patrie, ma jeunesse, moi la Française que l'on ne regarde pas.

Mon adoration pour cette terre est passée dans mon jardin. Les arbres, les fleurs sont ma patience.

Le baiser de Brahim avant de partir à l'usine comme s'il ne reviendrait pas, comme s'il avait tout compris. Je rêve ma vie. Je ne suis pas amoureuse de Catherine. Je veux le nerf de l'existence.

Dans ma jeunesse, la mort me fascinait, elle se dressait telle une contrée, elle donnait la possibilité de s'enfuir, de s'échapper. La vie est devenue cette contrée mystérieuse. Les jours se sont succédé, ne menant nulle part, séparant avec brio le désir de l'amour.

Catherine est le nouveau tour de piste dans ma folie puis la honte quand je prends conscience de mes divagations.

J'ignore ce qu'est le corps d'une femme. J'ignore ce qu'il peut représenter, offrir à une autre femme. J'ignore si ce désir existe, s'il est libre ou s'il est lié à une troisième personne, un homme, orchestrant la scène pour son plaisir.

Ma vision des femmes est fausse. Je passe trop de temps en cuisine. Je dois travailler, relancer Brahim au sujet du lycée français.

Quittant mon rôle de mère, de ménagère, je songe à des salles de torture, des jouissances damnées. L'opposition entre les univers : mon foyer et les bas-fonds va trop loin.

Mon fils en sweat, blouson. J'imagine Bruce en tenue d'automne, arrogante, hantée par son image, sachant imposer ce qu'elle est malgré les moqueries. Je sais sa force : Erwan ne quitte pas son étoile de

Shérif, mes pensées lui sont souvent consacrées, par tremplin vers Catherine, montant une embuscade – utiliser l'amitié de nos enfants pour me rapprocher, inviter Bruce à la maison pour faire venir Catherine. Elle ne viendra pas.

Je suis sa chose en imagination. Je hais, j'adore cette vision.

Je serre Erwan contre moi avant qu'il ne monte dans la voiture et que je ne le conduise à l'école, je crains de ne pas lui donner assez d'amour, d'attention, obsédée par la famille Bousba, machine dont je ne comprends pas le fonctionnement.

La voisine, Madame Ziad : un homme a essayé de forcer la porte de notre garage, il a pris la fuite quand il s'est aperçu qu'elle l'observait. Pas d'effraction. Je la rassure, un voleur de passage, il ne reviendra pas. Je n'en parlerai pas à Brahim. Je crois au classement des peurs et à leur déclassement. Le désir rétablit. Je suis vierge à présent.

Le ciel vide, on a annulé les vols des avions, chassé les oiseaux, les nuées d'insectes ; ni feuilles mortes ni poussière. Je descends vers l'école d'Hydra. Sur le radiocassette, *Song for Guy* d'Elton John. J'abandonne mon fils, seule dans l'univers, portée par mon intuition, forêt de roses, cascade de cristaux.

Catherine est avec Bruce devant l'école. Elles se disputent. Elle tient Bruce par les épaules. Si je les prenais en photographie, l'image polaroïd révélerait le béton du bâtiment, le verni rouge de Catherine, la casquette en feutre de Bruce.

Erwan quitte la voiture, court vers Bruce, Catherine lâche sa fille, une passation s'opère, moi livrant mon fils, elle s'avançant dans ma direction, tous deux se croisent sans s'arrêter, j'échange ma vie contre une autre, l'amour filial contre l'éblouissement.

Elle est sans voiture ce matin. Elles ont marché. Je lui propose de la raccompagner ; elle me demande si je connais l'immeuble Shell.

Nos enfants montent l'escalier, disparaissent dans leur vie d'écoliers, je pénètre une vie interdite.

Je démarre, agrippe le volant, mes mains tremblent, je retrouve le parfum de la crique, je pourrais m'évanouir, ce ne sont plus mes vêtements qui sont trop grands, mais ma peau. Je pourrais rejoindre l'arrière de la voiture, laisser la mère de Bruce me conduire, devenir mon fils quand nous prenions la route des roseaux sauvages.

Catherine porte un jean, des sandales, un pull qui tombe sous une épaule, tout est fait exprès, tout a été préparé. Appeler Brahim au secours, mais lui non plus n'existe plus.

Alger, ville nouvelle.

Mon lilas, mes oiseaux de paradis, mon jasmin, mon néflier, mon palmier de Bou Saada, ma boue d'Infidèle.

Bruce est difficile. Elle ne veut plus se rendre en cours. Je ne mesure pas ma chance avec Erwan. Elle ne sait rien de nous et je ne veux pas qu'elle sache. Je ne réponds pas. Un objet attendu, espéré, se transforme hors du territoire que l'on avait imaginé pour lui. Catherine est une lame de rasoir.

L'odeur de l'air avec l'odeur de son souffle, elle n'a pas de sac, seulement un trousseau de clés, un paquet de cigarettes, son briquet entre ses mains.

Bruce portait un blouson assorti à son pantalon en velours côtelé, jeune faux garçon faisant la moue sans pleurer.

Catherine m'offre une cigarette, nous fumons vitres baissées, première intimité. Les enfants de la rue semblent se moquer de moi. Le corps de Catherine dans ma voiture est la copie du corps de la crique. Je n'y crois pas.

Immeuble Shell. Le gardien lui tend son courrier, il pourrait me reconnaître, la démente. Une rampe longe les bâtiments, le corps de pierre est plus massif vu de l'intérieur, la lumière n'y entre pas, succession de préaux ouverts, de pilotis, les étages élevés sont à même le ciel. Nulle vie ne paraît prendre sinon, en bordure, dans la forêt d'eucalyptus de l'ambassade de France.

Ma maison me manque, mes draps me manquent, linceul de mon mariage. Je pourrais ne plus revenir à Brahim, être emportée par un mirage.

Dalles en escalier abritant le parking. Je prends la place d'Amar absent ; le prénom du père de Bruce.

Amar existe entre nous.

Ma jupe est froissée, je suis gênée. Catherine fait le tour de la voiture, me tend sa main pour m'aider à sortir. Elle serait l'homme, je serais la femme. Je déteste ce tableau. Des câbles électriques fixés à l'entrée du préau, ils relient nos lignes de téléphone. Je la suis, elle pourrait me conduire au sous-sol, m'y attacher, m'y oublier.

Il y a la vision des hommes, leur odeur, leur force, leur voix, la façon de marcher, de fumer, d'embrasser. Il y a leur jouissance et leur repos. J'ignore les femmes, je me connais si mal. Souvenir de danseuses qui tournoient et se séparent. Les femmes, pour moi, sont sans union. Si Bruce désirait Erwan, de quel amour souffrirait mon fils ? Nous sommes les sujets de la famille Bousba.

Ils vivent au dernier étage, il faut prendre l'ascenseur, boîte qui glisse contre un mur avant les paliers. Brahim a dû appeler, s'inquiéter. Je suis aux confins de notre monde.

Les cheveux de Catherine sont les algues du jardin, ils vont prendre le sel et le sucre de mon être. L'impression que les autres seront toujours mieux que moi : Bruce, Catherine, le mendiant dresseur de chien du marché.

Je franchis le seuil de l'appartement, immeuble construit sur la butte d'Hydra, architecture futuriste qui abrite Bruce. Elle a grandi ici, dans sa tour de ciment. Espace destiné à la vie matérielle des hommes, liant l'intérieur à l'extérieur pour faire circuler l'ennui, la violence. La Mitidja d'un côté, la mer de l'autre, mer inaccessible.

Je cherche des traces du père de Bruce. Un bureau, des dossiers dans la bibliothèque, des photographies, une pile de disques, des livres de poésie. Amar est pétrolier, il représente l'Algérie à l'étranger, défend ses intérêts, négocie pour elle.

Son mari l'a remplacée par son pays.

Ils se sont rencontrés à Paris, une fête ; tout est allé très vite. Elle est impulsive. L'Algérie ne la faisait pas rêver, elle est une expérience comme une autre. Ils ont leur vie, ne s'en parlent pas, se retrouvent quand il rentre de voyage et reprennent le cours de leurs jours, à deux, à trois avec Bruce qui est particulière, effrayante pour son père. Il manque de patience.

Michèle.

Mon prénom dans sa voix.

Discontinuité de son lien conjugal, les va-et-vient entre la jouissance et l'absence. La forêt d'eucalyptus fait barrage, Alger est invisible, l'immeuble est isolé, les secrets y sont bien gardés. Le bureau est ouvert sur le salon. Une terrasse longe les pièces séparées des chambres par un couloir. J'imagine Bruce courir ici, dévaster le lieu, affronter son père.

Brahim.

Son prénom dans sa voix.

Je dis notre rencontre, l'université, les idéaux. Je dis mon fils, mon amour. Je dis notre maison. Je dis le pays et ma répulsion. Je ne me sens pas aimée des habitants. La nature me renverse, m'oblige à la servitude. Je tiens en laisse ma maladie de la mélancolie, craignant la faire fuir. Je ne dis pas mon absence de désir pour l'homme qui a volé ma jeunesse. Je vois Brahim ainsi, en présence de Catherine, les superposant.

Elle le trouve beau.

La gifle des femmes qui aiment les hommes.

L'appartement où elle vit, aime, déteste, embrasse, jouit, s'endort. Je pourrais tant écrire sur Catherine même ce qui n'existe pas. Je ne l'imagine pas cuisiner, laver, ranger, elle est l'esprit du lieu, non la femme servile, acquise.

La terrasse est circulaire, son sol en terre cuite. Catherine désigne un point, toit blanc et végétation excessive, notre maison que l'on distingue. Vision de Bruce avec un télescope, nous observant, appelant pour nous déranger.

Le parc est en retrait du bâtiment, les amandiers, les citronniers, les orangers ont poussé hors de la structure de pierre et de béton, les branches s'étirant vers la forêt de l'ambassade de France, intelligence des végétaux, ordre inné de la matière vivante.

La chambre des parents. Un miroir, une coiffeuse, des bijoux, une pile de magazines *Play Boy*, une robe sur un fauteuil bleu. Sur la table de chevet, un cendrier, un livre : *Le Rapport Hite*.

Une porte-fenêtre mène à une terrasse tapissée de roseaux, protégeant du vis-à-vis malgré l'étage élevé qui donne l'impression de visiter le ciel et les nuages. Une chaise longue, un matelas pneumatique. J'entraperçois une salle de bains et reconnais l'odeur de son parfum.

En dépit de l'absence d'Amar, la sensation d'un homme.

Le lit est fait, les draps tirés, les oreillers sans pli. Mes yeux sont des microscopes. Tout fixer, tout retenir. Mon cerveau développera, à la manière du liquide révélant la photographie, les images que mon regard recouvre.

Vers la chambre de Bruce. Je fais le chemin avant mon fils, lui ravissant son amitié, je vérifie où il se rendra bientôt pour jouer, dormir. Les murs de la chambre sont recouverts de posters de Bruce Lee qui semble sauter, voler. Les images se chevauchent, punaisées, collées, scotchées quand elles ont été déchirées.

La chambre est un lieu de lutte, celle du maître Kung Fu, star de cinéma, celle de la fille de Catherine absorbant le sang de son icône reproduite à l'infini.

La violence masculine l'a extraite de sa féminité. Son combat prend ici, nourrie à la force de son dieu à la beauté étrange et célébrée. Elle lui doit sa transgression, son corps bâti malgré la finesse qui lui résiste.

Une paire de gants de boxe, un nunchaku sont pendus à un crochet, sa chambre est une cellule de torture et de réflexion. Sur un bureau des blocs de papier recouverts de l'écriture de Bruce, illisible, chant de transe, psaumes diaboliques dans mon imagination, ornés de dessins à l'encre, des lignes enchevêtrées qu'elle a tracées et qui représentent l'infini et l'enfermement.

Sur sa table de chevet, encadré, Bruce Lee est en smoking devant les palmiers de Californie. Près du cadre, il y a le plan de la crique et la photographie polaroïd de Bruce se tenant à la pagaie, de mon fils aux contours flous.

Erwan me manque, je ne l'imagine pas endormi sous les posters, mais je sais qu'il est trop tard, que nous reviendrons ici. Erwan mon garçon délicat porterait la part manquante de féminité de Bruce. Leur liaison est une fusion, une expérience.

Je me fais l'effet d'une tueuse en série, pourtant je suis entrée dans la gueule du loup. L'immeuble Shell est mon nouvel Eldorado.

Le téléphone sonne, Catherine ne répond pas.

Bruce écrit, comme moi. Nous sommes de la même pierre, celle qui ne fend pas malgré les coups.

Amar doit être brutal, impatient. Un trench d'homme est dans l'entrée. Un miroir encore devant lequel Catherine aura baissé son pull avant de sortir pour m'offrir son épaule, sa clavicule, la naissance d'un sein. Je ne peux m'empêcher de penser à l'orgueil d'un Algérien avec une Française de ce rang. Pensée raciste.

La chambre de Bruce, antre sadomasochiste.

Je retire mon gilet. Sous mon chemisier, l'arborescence de milliers de vaisseaux aux aguets, scintillants. Vision de Brahim à l'usine parmi des rouleaux de papier sur lesquels j'écris notre faillite sans qu'il ne le sache, ne s'en doute.

Nous prenons un café dans la cuisine, plan de travail en céramique, buanderie au fond où sèche le linge, explication des meurtrières qui me font penser à des postes de tir à la mitrailleuse. Elle aurait préféré vivre dans une villa, déteste cet endroit.

Amar est souvent absent, elles sont en sécurité ici. J'imagine Catherine au centre de mon jardin, percutée par les rayons de soleil quand ils passent au travers du tamis des feuilles.

Amar exagère. Elle n'a pas peur, il n'y a rien à craindre de ce pays et tout à admirer. Elle ment, me teste. Ses yeux bleu-orange, il me suffirait de tendre le bras pour relier nos peaux, enclencher le compte à rebours de l'explosion atomique. Le vent a changé de sens, il va s'emparer de la mer, des embarcations fragiles, les fera chavirer. La Méditerranée est un cimetière.

On sonne à la porte.

Elle s'excuse, s'absente.

En l'attendant, j'inspecte son réfrigérateur. Un poisson est enroulé dans du papier journal, une nageoire dépasse. Je me fais honte, me parle à moi-même. « Qui es-tu Michèle Akli ? »

J'attends.

J'entends des voix, celle d'un homme puis celle de Catherine qui demande de ne plus chercher à la revoir.

Elle revient, je dois partir, me pendre aux lianes de mon jardin, m'envoler dans la spirale de mes mots. Je suis gênée.

Mon gilet, mon sac, je rassemble mes affaires.

Je descends par l'escalier, l'ascenseur m'effraie. Les pilotis extérieurs sont répliqués à l'intérieur de l'appartement. Vision de Catherine attachée à l'un d'eux par une ceinture, de Bruce punie de la faute d'exister telle qu'elle existe.

Je prends la rampe vers la sortie, le gardien actionne la barrière, nous vivons à quelques mètres, il me suffit de descendre le chemin depuis la station-service pour regagner le garage de notre maison ; à l'intérieur de l'appartement, je me sentais à des milliers de kilomètres de mon univers, ce n'était plus l'Algérie, ce n'était plus moi, ce ne sera jamais Brahim.

J'ai la sensation du corps de Catherine dans mon corps, j'ai ses cheveux, ses yeux, sa voix – effet d'une possession et images sombres du parc de la résidence, le parc du diable. Seule l'écriture me ramène au réel.

Bruce a volé le polaroïd à la crique ou Erwan le lui aura offert, en souvenir, en cadeau, honorant sa dette de l'étoile de Shérif.

Le gène de la soumission.

L'homme à la porte de l'appartement est peut-être un maître chanteur, un amant, le conducteur de la CX noire qui ne descend pas de la voiture.

Je téléphone à Brahim, à l'usine, lui demande de chercher Erwan à l'école, prétexte un malaise et le rassure puisque je dois le rassurer ; son épouse est fragile, je hais cette sentence. Je hais Brahim. J'ai besoin du jardin, de l'écorce de mes arbres, des escaliers de ma terrasse, de vin mais il est trop tôt.

L'alcool avec Catherine serait une folie.

Les bleuets, les jacinthes, les hortensias, fleurs de mon enfance avant les plantes grasses d'Algérie, figuiers de barbarie, agave, cactus, aloès, qui coulent, suintent, suent, débordent ; la sève en métaphore des spermes et des cyprines.

Pays de la jouissance et de la frustration, l'une n'explosant pas sans l'autre.

Le soleil organise la vie des corps et la désorganise, nous sommes ramenés à lui, la nuit est un intermède, dès le jour nous implorons sa force et sa douleur. Vivre au sud du continent européen, en lisière du désert, est source de confusion.

Mon désir est tenu, il ne va ni vers Brahim, ni vers Catherine. Si elle avait fait un signe, j'aurais pu m'avancer, l'embrasser et renaître de mes cendres. Je ne connaissais pas les femmes ainsi, inscrites dans la lignée de la possession physique. Ouvrir une nouvelle chambre dans mon cerveau dans laquelle je rangerais son paquet de cigarettes, la fossette qui troue sa joue gauche quand elle sourit, son ventre, ses fesses, sa poitrine, chambre romantique et pornographique que je pourrais visiter sans me compromettre.

Le jour est grand, il est tôt, occuper les heures et étreindre Brahim que j'ai trahi. Ma haine a la force de mon attachement. J'imagine Catherine dans son appartement, elle lave ma tasse de café, lèche les rebords, la jette à la poubelle par dégoût. L'immeuble dévie sous la poussée du vent, il recule vers les plaines de la Mitidja, il est un vaisseau que l'on voit depuis la lune. Les hommes construisent des monuments pour la gloire et les satellites.

Le trouble du désir et du non-désir, je me censure, obéis à mes commandements ; je ne suis pas de l'espèce de Bruce. Mon fils lui fera regagner le droit chemin, elle mènera Erwan vers les marécages de la honte. Bruce a l'âme de Catherine, la mère et la fille ravissent les cœurs purs. Amar n'a pas sa place, il parcourt le monde, l'absence le fait exister. Ses retours sont une fête éphémère, disparaissant à nouveau, exclu de la passion du couple qu'il dérange. La maternité est un mariage. Les hommes n'y sont pas conviés. Dans d'autres bras, ils retrouvent d'autres mères dont ils sont les fils choisis et préférés.

Saillie du temps, il me reste quelques heures avant le retour d'Erwan et de Brahim pour dissoudre l'obsession de Catherine. Je ne dirai rien, ni l'appartement, ni le parc, ni l'escalier. À chaque palier franchi je craignais de rencontrer l'homme qui avait sonné à la porte, l'imaginant caché dans l'ascenseur et, nous confondant, elle et moi, bondissant armé d'un couteau pour me trancher la gorge.

Le bruit de l'immeuble Shell quand je dessine sur mon carnet le plan de la résidence, les parpaings en escalier, la dépendance en ruines, les préaux ouverts, la bordure du parc, l'appartement, les terrasses, les pilotis, la chambre de Bruce – visions de rituels, de cérémonies macabres.

Rosemary's baby.

Je ne leur trouve aucune ressemblance ; et si Catherine avait recueilli Bruce, l'avait élevée, éduquée à sa manière, procédant à une expérience, contraignant sa fille adoptive à la virilité pour qu'elle devienne le compagnon idéal, l'amoureux transi, l'Élu à vie ?

La certitude d'une malédiction.

Polaroïd des champs de coquelicots.

La petite enfance d'Erwan quand je l'emmenais à la campagne. Nous traversions des forêts de cèdres, des champs de maïs, roulant sur des tapis de pâquerettes, grimpant aux orangers. Je lui apprenais l'origine des nuages, le goût des plantes sur la langue, les vertus des arbres quand on les enlace.

Erwan m'aimait sans condition. J'étais sa reine et pourtant déjà le royaume qu'il croyait reconnaître s'effritait. Je lui enseignais le pays de son père puisqu'il faut savoir d'où l'on vient pour aller vers les autres et les comprendre.

J'entrai en seconde vie dans un pays dont l'adoration aura décliné à mesure du déclin de mon estime pour Brahim. Je possédais deux Algérie, l'une externe, à l'orée des bois, à l'entrée de la mer, aux portes du désert, l'autre interne, au ras de la peau, de la chair, du souffle de mon mari.

Mes désirs se sont dissipés dans le tourbillon des habitudes et des espoirs déchus, tourbillon de pollen, de cendre et de poussière. J'ai perdu. Mon fils me quittera : on apprend davantage aux côtés des héros.

V

Dans la ville. Flux de voitures, d'hommes et de femmes, entrailles, cavités. La capitale est l'anti-nature, surpeuplée, dense, affolée, affolante. Je la crains, labyrinthe de la violence, et ne peux m'en départir. Elle contient mon empreinte ; si je venais à disparaître, une infime part de moi intégrerait la pierre de ses immeubles, la terre des balcons, un microsillon du ciel d'Alger même si je me réserve à mon jardin.

Chez le boucher de la rue d'Isly, je commande une épaule d'agneau pour la chorba, soupe de tomates, de viande, de coriandre, de vermicelles pour mon fils. J'ensevelis le corps de Catherine, son appartement sous une montagne de tâches à accomplir.

La cuisinière française devenue la cuisinière algérienne.

Nous sommes ceux que nous nourrissons, la double nationalité d'Erwan ne m'apparaît plus évidente, il grandit, prend les airs de son père, par mimétisme.

Le jardin se transforme, lianes, mousses, broussailles recouvrant les fleurs, les protégeant. La nuit tombe plus tôt, Brahim rentre plus tard, je ne demande rien, lui non plus quand je me relève, traverse le jardin, vérifie la porte du garage, les lanternes, les appareils électriques, le gaz. Bruce ne me volera pas Erwan, je l'ai doublée, en dérobant des lambeaux de son âme, ses posters de Bruce Lee, son écriture.

Le polaroïd poursuivra sa transformation, floutant les contours de sa silhouette, révélant ceux de mon fils, incarné, prêt à recevoir et à combattre ses sentiments.

Moi aussi, je suis prête, proposant à Erwan d'inviter son amie à la maison, espérant la dompter entre mes murs et dompter mon désir sauvage pour sa mère.

Je suis une manipulatrice ou la victime de mes mensonges ?

Sur le radiocassette, *I'm not in love*, 10 cc.

Les tours en voiture comme les tours de mon cœur ; il y a eu un départ, il y aura une arrivée. La pointe Pescade ou les commerces en bas de la résidence de Catherine Bousba donnant accès à la cité interdite ? Dans la circulation, je crois la voir, en voiture CX, accompagnée d'un homme plus âgé.

À son sujet, mon imagination est intarissable.

Elle est autoritaire, infidèle, cruelle, séductrice.

Ses gestes sont précis, sa diction claire, sa peau est son vêtement et son vêtement est sa peau.

Les ongles sont vernis, ceux des mains, des pieds.

Les cheveux sont enroulés, les dents mordent les lèvres.

Elle est une amante, une épouse. Je ne me la représente pas en mère.

Elle n'a pas d'enfance.

Elle est la première femme. Elle est femme de toutes les femmes, occupant le sommet de la pyramide, incarnant la féminité, l'idée que je m'en fais, aisance et désir carnassier qui est le désir des hommes dans mon monde attardé, reculé, complexé.

Elle n'est pas la proie.

Elle est celle que l'on a perdue aussitôt approchée.

Catherine.

Le regret de ne pas lui avoir volé un objet lui appartenant, la gardant avec moi, au creux des mains.

Le regret de ne pas avoir conservé son mégot de cigarette dans le cendrier de ma voiture.

Le regret de ne pas l'avoir mise en garde contre Bruce au sujet d'Erwan.

Les contradictions de l'amour. Mon cœur est un forçat.

Je prends les marins, les voleurs, les voyous, elle possède les empereurs et les jeunes premiers.

Elle s'en va, on ne la quitte pas.

Elle est indifférente à l'amour, à la mièvrerie.

Toutes les chansons me parlent d'elle, j'ai honte.

Les vermicelles ou cheveux d'ange, la récompense de l'enfant après l'école.

Les dessins d'Erwan – des chars, des avions, des hommes en uniforme, des châteaux, des chevaux – ne couperont pas la trajectoire des dessins de Bruce.

Dans la chambre de mon fils, en sécurité, assise sur son lit, je le regarde faire ses devoirs, penché sur sa feuille comme s'il se penchait au-dessus de l'eau pour y découvrir le reflet de son visage. L'enfance est un pays imaginaire qu'il ne faut pas détruire. Bruce n'a pas d'enfance, son avenir est amputé.

Si Catherine entreprenait Brahim, s'ils se voyaient dans mon dos, occupant leur rendez-vous clandestin à s'embrasser et à me maudire, il suffirait d'attendre. Brahim ne pourrait tenir la liaison, il serait remercié puis viendrait pleurer à mes pieds.

La beauté de mon mari n'est pas sexuelle. Je le rêve soumis, meurtri, il est sans heurt.

Quand nous dansions ensemble, j'étais protégée pour la vie ; avec les années, je rêve de le voir s'enfuir et me battre pour le rattraper et le séduire. La tranquillité d'esprit est la tombe du désir. La tension charnelle : braise du bûcher qu'il faut attiser.

Endormis en amis, Brahim se tient à mes hanches pour ne pas tomber ou pour me rassurer, seule Catherine m'effraie à présent. Brahim se contente de ma tendresse revenue, m'embrasse sur le front.

Dans mes rêves, au centre d'une farandole de femmes armées d'arc et de flèches, personnages des peintures préhistoriques du Tassili, je suis l'offrande dont il faut profiter, la captive qu'il faut torturer. Catherine renvoie à une passion archaïque, passion de mon corps quand je découvrais la jouissance, stupéfaite, impatiente de la reproduire.

Je suis prise aux folies du désir, la brume au sol est celle des âmes quand elles ne parviennent pas à s'élever, traînant parmi nous, tragiques, damnées, je deviens ainsi.

Mes cendres un jour dans mon jardin.

L'opposition entre mon corps de mère et mon corps de femme. Erwan ne se doute de rien – la joie de l'ignorance.

Tarte au citron meringuée : battre les œufs, faire fondre le beurre, intégrer le sucre, extraire le fruit, le broyer, malaxer la farine, écraser au poing la pâte, l'aplanir, enfourner, attendre, surveiller, autant de gestes que je pourrais accomplir, répéter, sur un corps à soigner, à guérir.

La maladie d'amour.

Bruce est au portail de la maison ; elle a sonné, attend, je reste dans la cuisine, charge Erwan de l'accueillir. Elle me rejoint, un bouquet à la main, fleurs choisies dans le parc de la résidence. Elle est venue seule, à pied, sans Catherine. Elle s'avance vers moi pour m'embrasser, j'évite son baiser. Elle porte une parka, un col roulé, un pantalon, des rangers, une tenue de guerrier, soit pour intimider Erwan, le mettre au pas dans sa propre maison, soit pour m'intimider : je ne dois pas approcher sa mère.

L'orangeade et les sablés en attendant la tarte, Bruce n'a pas faim, remercie. Il n'y a nulle douceur dans son regard effrayé.

Elle a les yeux des animaux et leur air perdu.

Elle s'est coupé les cheveux – Bruce Lee.

Elle retire sa parka, la pose sur le canapé, je n'ose toucher son vêtement, le déplacer. Je l'observe se mouvoir dans la maison, traverser le salon, se rendre sur la terrasse, les escaliers.

Le corps et le visage d'un garçon, je cherche la petite fille, ne la trouvant pas je reviens vers Bruce, erreur ou génie de la nature ? Et si nous étions des êtres doubles, si la société se trompait nous assignant à un genre, si Bruce avait raison ?

L'admiration de mon fils pour Bruce me fait de la peine, je ne suis pas jalouse, je suis triste pour Erwan, il lui manque une dimension, il le sait, la traque, l'implore. Bruce Lee est le modèle de Bruce qui est à son tour le modèle d'Erwan. Aucun enfant n'idolâtre mon fils.

Ils ont dix ans.

La tendre jeunesse et le désir déjà symbolisé par l'autorité, la distribution des rôles, la tension.

Bruce n'est pas l'assassin d'Erwan, elle est son assassin, tuant l'enfant fille pour faire éclore l'enfant garçon. Elle s'est suicidée et ses dessins, ses lignes sont l'histoire de son suicide.

Il est impossible de contredire la nature, de trahir sa naissance, de marcher à l'envers du monde. Je ne l'admire plus, je la plains. Sa souffrance est muette. Pleurer sur son sort reviendrait à admettre son crime.

Elle a changé de prénom pour changer sa destinée.

Je ne sens pas d'affection de sa part pour Erwan, elle s'en sert, il la distrait, elle le domine, il la conforte dans son image tronquée, elle est supérieure à un vrai garçon.

Bruce est un savant.

Je ne désirais pas un deuxième enfant, courir le risque d'avoir une fille, je n'aurais pas su comment m'y prendre, j'aurais été jalouse de sa relation avec Brahim, avec Erwan, je suis à l'image de Catherine, demeurant l'unique femme de notre foyer. Les femmes n'aiment pas les femmes.

Catherine n'a pas appelé pour vérifier si Bruce était bien arrivée ; a-t-elle notre numéro de téléphone ?

L'empire des hommes aura brisé l'empire des femmes. Nous ne sommes pas solidaires.

Mon désir pour Catherine est mû par la jalousie. Je ne veux pas l'embrasser, je veux jouir de sa force et de sa liberté. Elle est mon poster à moi.

L'adoration n'a qu'un temps, Erwan reprendra ses esprits, je reprendrai les miens.

Les petites fleurs de Bruce, violettes, pissenlits, colchiques, graminées, serrées dans un fourreau de mauvaises herbes. Je me demande si Catherine a composé le bouquet ou si Bruce s'est appliquée à choisir ce qu'elle m'a offert ; vision fugitive, fausse, de Bruce éprouvant un sentiment pour moi aussitôt chassée par son regard sur mes vêtements. Je suis assise sur une marche de l'escalier, je les dérange, regagne ma cuisine, la tarte gonfle comme mon cœur en larmes.

Les cris, les rires, la sauvagerie de Bruce lâchée dans le jardin, fauve qui pourrait saccager, défaire, détruire, aussi bien mes plantes, mes fleurs, mes arbres que mon fils. Je fais confiance à Erwan, vigilant, livré à Bruce, espérant qu'elle partage ses pouvoirs avec mon garçon innocent.

Brahim comme à la crique est en retrait, parti en ville, fuyant la compagnie des enfants, me fuyant peut-être aussi. Nos chairs ne se reconnaissent plus dans la nuit.

Nous sommes des mariés sans désir. Nos silences à ce sujet m'étouffent – ne rien dire pour que cela n'existe pas, revienne, nous surprenne. Catherine pourrait nous aider.

« Erwan fait la fille » est un constat insupportable et la révélation de ma misogynie larvée. Je me déteste.

Je quitte la cuisine tandis que Erwan et Bruce sont dans le figuier, assis sur la plus haute branche. La vision de nos corps pendus revient. S'y ajoutent les corps de Catherine et de sa fille.

Brahim hier : un homme est venu à l'usine, lui demandant s'il fournissait en papier le lycée français, l'ambassade de France, la presse algérienne, vérifiant ses bons de commande et ses livraisons passées.

Catherine est un bouclier. Avec elle, j'insulte la milice, repousse le voleur du garage, frappe le conducteur de la R8, avec elle je deviens un homme. La faiblesse physique des femmes et la détestation des hommes pour ce motif. La douceur de Brahim ne me rassure pas. Il ne saurait pas nous défendre, il passerait en premier pour mourir et ne pas assister à notre agonie.

J'imagine Catherine sur la terrasse de son appartement, observant sa fille, mon fils, cherchant ma silhouette qui apparaît, disparaît de l'aire de jeux de nos enfants qui grandissent, comme les racines sous leurs pieds, tentacules rampants, invisibles, quadrillant les fondations de la maison et des demeures avoisinantes, dévalant vers la ville, cherchant un point d'appui au fond de l'eau.

Je ne sais pas si Amar est rentré, Bruce n'évoque pas ses parents, elle en a honte ou souhaite les protéger, lisant dans mon jeu, devinant mes intentions et se trompant.

Je veux Catherine dans mes divagations, je ne pourrais pas passer à l'acte même si elle me le demandait. La peur me contraint à la solitude sensuelle. Folie de penser qu'elle pourrait me désirer ; je ne suis pas son style, noyée dans mes vêtements, ma mélancolie, mes sables mouvants, elle doit fréquenter des femmes à son image, belles, attirantes, libres ou des professionnelles dont le métier est de donner du plaisir et de disparaître sans adieu.

En vrai, je ne saurais pas quoi lui faire, en imagination, je me laisse conduire par son désir, obéissant à sa voix, ses mots, ses gestes, suivant ses consignes. Notre liaison serait une seconde naissance, je serais appliquée, docile avant d'apprendre, de gagner en savoir, en expérience puis je convoquerais mes amants sales pour me punir de mon infidélité.

La douceur des femmes, cette légende.

Bruce et Erwan quittent le jardin, se rendent dans la chambre de mon fils ; il ferme ses volets, ne le fait jamais, craignant l'obscurité, admirant le jardin de sa chambre, l'ombre des arbres sur ses murs, la folie des oiseaux quand naît le printemps.

Je n'interviens pas. J'attends. Sa chambre devient la chambre de Bruce. Elle commande ainsi que je l'avais imaginé, décidant d'un jeu secret.

Mon fils, mon amour, j'aimerais entrer dans la chambre, l'arracher à Bruce, me battre avec elle, lui donner une correction, mais l'on ne se bat pas avec un enfant.

La fille de Catherine possède le regard et les manières de ceux qui ont vécu une première vie en enfer, s'attachant à se venger ou à initier leur proie à la violence. Bruce est satanique, Erwan est l'agneau.

La force de ses bras, de ses biceps, de ses épaules, de ses abdominaux, sautant de branche en branche dans le jardin sans lâcher prise, humiliant Erwan, le garçon.

Sa place est à la foire. J'ai honte de cette phrase.

Si on lisait mes carnets, chacun penserait s'être trompé sur mon compte : mon fils, étonné de ma jalousie, Brahim, lisant l'histoire de notre amour, château abandonné aux tempêtes et aux corbeaux, Catherine se moquant de moi et déchirant les passages la concernant. Seule Bruce se réjouirait d'avoir été reconnue.

Mes mots lavent mon âme, adoucissent ma douleur, ce qui est écrit existe sous une autre forme, dénaturant la réalité, la rendant acceptable car caduque, dépassée. Bruce pourrait me voler mes carnets, me faire chanter, exiger une somme d'argent en échange ou un morceau de chair d'Erwan qu'elle cultiverait dans une éprouvette, la greffant à sa peau une fois la chair d'Erwan à terme.

Bruce pourrait intégrer mes carnets aux siens, racontant mon histoire, se faisant passer pour moi, me possédant : métempsychose qui invite dans un corps une âme qui a existé.

Je ne sais pas si le passé s'invite dans le présent, je sais que l'avenir le trouble. Je fais des rêves de décapitation, d'éventration, de familles ennemies, de malheur algérien. La guerre se poursuit sous un autre nom. Je dois continuer à écrire et à courir vers demain.

Dans le jardin, postée devant les volets clos de la chambre d'Erwan, j'entends de la musique, la chanson des Eagles, *Hotel California*, pas un mot, pas un rire. Ils dansent enlacés ou jouent, assis en tailleur, aux dés, aux cartes, aux osselets ?

J'ignore si Bruce est une fille aux yeux d'Erwan ou s'il la prend pour un garçon, s'autorisant un lien qui ne le choque pas, ne l'effraie pas. Bruce serait le premier garçon dans la vie amoureuse d'Erwan, ouvrant l'histoire du cœur de mon fils, l'histoire de sa vie, rien ne l'empêcherait plus tard de désirer un « vrai » garçon, « s'essayant » à Bruce, s'entraînant. Bruce le préparerait, l'éduquerait aux liaisons masculines ; Erwan gardant la possibilité de rétablir son honneur en cas de moquerie, Bruce reste une fille et le deviendra davantage à l'adolescence, bientôt, sauf si la volonté est plus forte que la nature et que Bruce parvienne à contraindre son sang, ses hanches, ses seins.

J'ignore si Bruce considère Erwan comme un garçon, ou si elle a perçu chez lui une délicatesse, celle que l'on accorde à tort aux filles, le baptisant dès le jour de leur rencontre La rivière, se réservant le droit de le consoler et peut-être de le persécuter, sauveuse et tyran ; elle vivrait sa première histoire, s'entraînant à son tour avant de conquérir le cœur de vraies femmes – je crois que non.

Bruce n'est pas amoureuse d'Erwan, ne le deviendra pas, elle puise en lui ce qu'il lui manque, Erwan est doux, mais son corps se transforme, sera l'objet d'une rivalité, bientôt mon fils dépassera en force Bruce. Bientôt les amis se sépareront.

Et si l'enfant unique portait les fantasmes de ses parents, celui de ne pas avoir eu un garçon ou celui de ne pas avoir eu une fille ? Et si le corps d'un garçon grandissait dans l'absence du corps d'une fille et si le corps d'une fille grandissait dans l'absence du corps d'un garçon, comblant le manque, consolant les regrets étouffés des parents ?

Nous vivons dans l'obsession du spectre de nous-mêmes. Les hommes, les femmes, cherchent par l'amour à trouver leur part invisible, complémentaire. Déçus, ils recommencent à chercher et à se perdre.

Dans le figuier, mes mains sur l'empreinte des mains de Bruce, volant comme Bruce Lee, de branche en branche sans s'écraser au sol. Quel astre aura assombri sa naissance ?

L'automne, saison du déclin. Mes fleurs semblent s'être assoupies, les feuilles grimpent contre le mur, s'emmêlent sans se détruire, résistantes aux pluies, aux typhons. Solitude de mon corps qui ne jouit plus et omniprésence de Catherine, seconde peau qui ne cesse de croître sous la mienne. Je serai déçue comme les amoureux qui se regardent sans se reconnaître.

La meringue est parfaite, rousse et blanche, bourrelet de neige taché, elle tient en équilibre sur le nappé de citron, mousseuse et trouée d'air, assez dense pour ne pas se défaire, se gâcher. Je dresse la table dans la cuisine, j'ai deux enfants.

Je n'entre pas dans la chambre, les appelle.

Bruce a retiré son pull, elle porte un tricot de l'armée, un écusson est mal cousu côté droit, Erwan a défait deux boutons de sa chemise, les cheveux sont collés par la sueur, ils se sont battus ou non, Erwan me racontera. Comme son père, il ne sait pas mentir.

Je suis gênée par le regard de Bruce, l'enfant en furie contre les adultes qui ne peuvent l'observer sans l'examiner, l'évoquer sans se questionner. La différence est un affront, je pense aux mots de Catherine sur son père. Bruce est d'une autre époque, survenue de l'Antiquité, mi-humaine mi-animale, personnage d'un conte, d'une arche de Noé.

Nous trois. Le silence m'attache à leur enfance. Je suis une petite fille et je déteste cette sensation. Plus loin dans la ville Brahim conduit pour nous fuir. Plus haut dans la rue Catherine s'adonne dans mes pensées au plaisir, dans le dos de son mari, de Bruce, entre ciel et terre, sa chevelure pour unique vêtement.

Bruce.

Ses ongles rongés.

Son appétit d'oiseau.

La frange coupée en biais, un épi sur le haut du crâne.

Son odeur de transpiration.

Les jambes croisées.

Les nerfs et la maigreur.

Sa beauté l'a quittée.

Elle veut rentrer chez elle, refuse que je la raccompagne.

Au portail, nous la surveillons Erwan et moi ; après le virage, Bruce n'est plus visible.

Je l'imagine accélérer, dans la hâte de regagner son immeuble construit pour elle, il protège ses gestes, ses exercices, ses dessins, son écriture, ses prières, son idole, dans la hâte de retrouver le corps souple de sa mère, elle s'y enfoncera, y entrera, plongeant dans les liquides qui bercent, la chair chaude, le sang et la lymphe nourrice, les bulles d'oxygène, respirant à nouveau, accrochée à la cage thoracique de Catherine comme elle s'accrochait aux branches des arbres de mon jardin.

Le vin rétablit, je remonte à la surface, moi la nageuse de fond. La nuque de mon fils, son odeur, ses baisers, il est à l'inverse de Bruce, il est la clairière, elle est la forêt, il est le ciel, elle est la nuit, il est l'espoir, elle est la menace.

Passation. Brahim de retour prend la place d'Erwan. Je prends son visage entre mes mains, je les aime du même amour.

Dans le carnet je tente de reconstituer le visage de Bruce, ses traits se dissipent, je ne la reconnais pas, rien ne peut l'attraper, la retenir.

Crainte qu'il ne lui soit arrivé quelque chose en chemin ; je me souviens des mots des jeunes footballeurs à son sujet, *ataï*, « pédé ». La ligne des villas aux jardins qui débordent l'aura protégée, absorbée.

Bruce a rejoint le magma de la terre, lieu de sa conception, de sa gestation.

Je ne questionne pas Erwan au sujet de la chambre, de la chanson, des volets clos, j'ai peur d'apprendre la vérité, peur aussi de le contrarier. L'enfance, la plume et le duvet.

J'imagine Bruce redescendre notre rue, dévaler vers la ville, se perdre dans la foule des hommes, se reconnaître en eux, poursuivre sa course vers les arcades, les quais, le port, monter dans un cargo et se cacher dans un container.

Retirant sa chemise pour la laver, je remarque une griffure sur le ventre d'Erwan, le rosier dit-il. Les gouttes de sang séché ont formé un trait parfait sur sa peau. Blessure de Bruce.

Je regrette de ne pas avoir insisté pour la raccompagner, je devrais appeler, mais je ne veux pas entendre la voix de Catherine, elle dérangerait mes heures, ma nuit, mes rêves. L'ennui a inventé un lien, je brode autour de la figure d'une femme un tissu de fil d'or. Rien n'existe entre nous à part le décor d'Alger qui nous sépare. À l'envers de la broderie, les nœuds de ma méchanceté. Et si je n'avais pas raccompagné Bruce pour m'en débarrasser ?

Alger influe sur les femmes, Bruce travestie, Catherine actrice, moi sur ma terrasse divaguant avec le vin. Nous avons trouvé nos refuges, le mensonge, la séduction, le fantasme.

La frustration de Bruce de ne pas être un garçon quand elle fixe Erwan ; je dois les séparer.

Culpabilité d'avoir abandonné Bruce à sa folie et à la rue, elle est partie si vite, comme si elle avait volé un objet. Je dois appeler Catherine, vérifier.

Les enfants sans enfance sont eux aussi représentés sur les peintures des cavernes du Tassili, parmi les chasseurs, les guerriers, les animaux, les montagnes, les crevasses, les marais. Enfants pris dans la violence des hommes, de la géographie, des tropismes et dans la tourmente du climat.

Scènes de vie et de mort reproduites bien souvent par des femmes en mémoire de ce qu'ils furent, de ce que nous avons été, de ce que nous sommes, de ce que nous deviendrons.

Scènes gravées en avertissement, la rage ne disparaît pas, elle est en veille, elle revient, elle reviendra.

Scènes ineffaçables qui éclairent le passé et assombrissent le destin de l'humanité.

La télévision en fond, la voix du présentateur, la langue arabe me berçant, je retrouve la sensation de vivre à l'étranger, de ne pas être d'ici, d'avoir tout à construire, ma maison, mon jardin, l'éducation de mon fils, le désir de mon mari. Je ne me souviens plus de nos premières années hormis l'aveu de m'être trompée.

Je vérifie le téléphone, la ligne, Erwan m'assure avoir donné notre numéro à Bruce.

Erwan, l'amoureux transi.

Devant moi mon fils n'osait aucun geste, aucun mot, admirant Bruce quand elle crachait depuis la plus haute branche du figuier, lui affichant sa puissance et lui démontrant son infériorité.

Mon fils, ma fille. Erwan La rivière.

Désir d'entendre la voix de Catherine malgré tout, je rêve de l'inviter à la maison, de cuisiner pour elle, de remplacer mes habitudes domestiques par l'habitude de sa peau, de ses paroles, de ses histoires, de ses hommes, s'ils existent, pour qu'ils deviennent les miens, quittant la brutalité des marins et des dockers imaginaires, rejoignant son niveau, moi la sous-aimée.

Je suis injuste avec Brahim en écrivant cela, il a tant d'amour pour moi qu'il accepte la fin du désir, l'éloignement. Il n'attend pas, il continue. Il travaille pour nous, pour la maison, les billets qu'il me donne pour faire les courses ne sont pas humiliants ; il me protège, comme un homme pense devoir protéger la femme qu'il aime et qui tient son foyer.

L'amour éternel, promis devant témoins.

Ma trahison est lente, marche après marche, comme dans l'escalier de l'immeuble des Bousba. Je devrais me contenter de ce que je possède. Je ne sais pas ce que je veux, mais je sais ce que je désire – qu'il arrive quelque chose, en bien ou en mal, que mon existence prenne un sens même si je dois me jeter dans les bras du diable et l'embrasser.

Je dois appeler Catherine pour Bruce, pour moi.

Je l'appelle.

Ella s'apprêtait à téléphoner (faux). Nous passons un accord muet. Nos enfants nous rapprochent malgré la différence de nos intentions. Je la distrais, elle me fascine. Demain, Blida, la campagne, ensemble. Brahim refuse de nous accompagner, préfère rester, s'occuper de notre prochain voyage à Bou Saada. Je ne le crois pas, ne proteste pas.

Je préfère les mensonges à la vérité.

Les champs de marguerites géantes. Bruce et Erwan disparaissent dans les fleurs. Il faut écarter les tiges pour avancer, elles sont longues, striées, de la colle s'en extrait quand elles se brisent, champ végétal animal. Les plantes gluantes freinent notre progression, il faut se battre avec elles comme si l'on se battait avec des enfants.

Catherine me tient par l'épaule pour ne pas tomber, à moi de faire l'homme, de la protéger, la nature est mon royaume, sa violence est ma violence.

L'odeur de la terre mouillée, il a plu la nuit passée, le scintillement des pierres, les marguerites blessent nos mains. Lécher le sang de Catherine et devenir ce qu'elle est, je ne pourrais pas être la mère de Bruce.

Les enfants sont devenus fous dans le champ, nous allons les perdre sans les retrouver, les laisser à leur course, leur lutte, leur amour anormal.

Erwan et Bruce.

Ils épuisent leur tension, hurlent, se battent, les marguerites géantes attisent le désir, la haine de Bruce contre Erwan, d'Erwan contre Bruce, s'en voulant, tous les deux, de leur histoire impossible, de leur union interdite.

Ils sont sans avenir, s'éloigneront, se détesteront, se perdront de vue, ne se retrouveront pas, tuant le lien et les désirs qui s'y rapportent. Désir de meurtre, de victoire, d'aliénation ; cruauté de l'enfance et influence de l'Algérie sur nos êtres. Je ne serais pas la femme que je suis devenue si j'étais restée en France. Erwan serait un garçon différent. Catherine, elle, partira à temps, emmenant Bruce vers d'autres contrées, d'autres victoires, d'autres tragédies, je ne saurais pas en quoi l'Algérie l'aura changée, convertie.

Des paysans pourraient nous kidnapper. Ils relâcheraient les enfants, nous garderaient, en esclaves sexuelles. Catherine serait la plus convoitée, la plus demandée, je la regarderais souffrir, puiserais du plaisir dans sa souffrance.

La folie de mon esprit.

Je n'éprouve aucune honte de mes pensées, mes carnets les purifient ; à peine écrites, elles deviennent moins sales, moins étranges. Les mots extraits de mon être sont des parures, Bruce l'a compris, elle noircit ses blocs, livre ses blasphèmes en espérant être lue et sauvée.

Dans la voiture, avant de rejoindre Bruce et Catherine sur la place centrale de Blida, Erwan, sans que je ne le lui demande, m'a raconté l'un de leurs jeux – disposant des traversins, des oreillers, sur le lit et le petit sofa de la chambre d'Erwan, ils ont joué à « La maison close », choisissant chacun une prostituée pour satisfaire leur plaisir. Il ne s'étonne pas du rôle joué par Bruce, un client, masculin, projetant son désir sur une femme, en sa compagnie, effet miroir des deux enfants, devenus des jeunes hommes.

Mon fils – sa candeur et ses pulsions.

La vase, la boue, les escargots, le champ est un champ de bataille dans lequel nous ne marchons pas, nous étirant plutôt, les membres, les muscles, écartelés par les fleurs gigantesques, nous enfonçant dans l'herbe détrempée, jungle de la campagne algéroise après l'orage, cette terre se mérite, s'apprend et doit se vénérer ; elle reste vierge malgré sa mémoire, région rasée, pillée, brûlée pendant la guerre, villages et bastions de la résistance renversés et maintenant, pour certains, à l'abandon.

J'ai pris mon sécateur, nous fraye un chemin, les enfants ivres sont loin devant, leurs voix font des spirales s'entremêlant, je ne distingue plus celle d'Erwan de celle de Bruce. Les frères jumeaux.

Plus je coupe les fleurs géantes qui nous entravent, plus Catherine se livre à moi.

Amar va bientôt rentrer de voyage, il était en Afrique centrale, elle redoute ses retours, quand il revient des plateformes pétrolières il est en « surplus », lui saute dessus comme s'il était un animal (ce sont ses mots), cela ne la dégoûtait pas avant, bien au contraire, elle est sans tabou et plutôt portée sur la chose (cette confidence me gêne), mais elle voit quelqu'un en ce moment et ne parvient pas à mener deux désirs de front, celui de son mari, celui de son amant – elle doit tuer dans son esprit l'un des deux pour conserver sa dignité.

Elle a toujours su faire avec les hommes, dès le lycée, elle plaisait, en profitait, elle s'amusait d'eux, en usait, les utilisait, elle faisait ses expériences avant le grand saut – le mariage, la fidélité, mais elle n'est jamais parvenue à ne pas tromper Amar ; elle l'a d'ailleurs préféré aux autres et épousé parce que lui non plus n'était pas fidèle et qu'il comprendrait. Les hommes, même infidèles, sont exclusifs – mâle, géniteur, chef, ils ne partagent pas.

Quand Bruce est née, Amar avait des doutes, elle promet qu'il est le père, d'ailleurs elle lui ressemble, elle a pris les yeux, la bouche et les gestes de son mari. Elle a même voulu dès son plus jeune âge devenir lui, ou un homme qui lui aurait ressemblé le plus possible, avec ses chaussures, avec ses vêtements, avec sa coupe de cheveux.

Catherine a laissé faire, sa fille l'étonne, l'amuse, l'attendrit même si elle sait que Bruce souffrira.

La souffrance des femmes inscrite dans leur futur.

Catherine craint de m'avoir choquée, je la rassure, je suis triste plutôt – image de moi en tablier à carreaux, vidant la tête des rascasses, des pageots, écaillant la peau grasse et luisante des saumons, décapitant les petites sardines avant de les faire frire. Je ne connais rien aux hommes à part dans mon délire. Brahim est le premier, il sera le dernier.

Catherine dans le champ de marguerites géantes et sauvages ressemble à un animal. Je pourrais prendre une photographie polaroïd de son corps, rien d'humain n'apparaîtrait une fois l'image développée.

Les confidences sexuelles.

Le sentiment que je lui fais de la peine ou pitié.

Je l'imagine dans les bas-fonds d'Alger passant de main en main, la peau noire de crasse et de suie, des crachats dans les cheveux, à genoux, à quatre pattes, insatiable et humiliée, assoiffée et déchue, le regard plein de fièvre et la bouche écorchée.

La maison close du jeu de Bruce ou la chambre de sa mère ?

Elle craint aussi la violence d'Amar sur sa fille, cela peut arriver, une gifle, un coup de ceinture, il voit Bruce en rival, elle le provoque, modèle masculin, père et anti-père que Bruce ne parvient pas à respecter car il lui a volé sa mère.

Un jour, elle le sait, elle partira sans rien dire, sauf si Amar arrive à trouver avant une autre base, dans un autre pays, sa compagnie de pétrole a des antennes à travers le monde, elle le suivrait, l'aime encore car il lui échappe – l'absence, ce palais des délices.

Quand Amar revient, si elle est sans amant, elle se prépare comme une mariée, s'offre comme une maîtresse, regrette comme une mère qui n'est plus seule avec son enfant.

Catherine appartient à tous les hommes et je ne la possède pas. Puis, au sujet de Brahim : « Je trouve que vous n'allez pas bien ensemble. »

Je coupe du houx, des chardons, des fleurs piquantes, des roseaux épineux, tout ce qui blesse pour me punir de ne pas la contredire.

Les branches des arbres secs comme des antennes captant les messages des morts.

Nous rentrons vers Alger, suivant de près la voiture de Catherine, je me fais penser au conducteur de la R8, traquant une femme, la forçant à accélérer, à provoquer un accident. Erwan s'endort à l'arrière, la pluie va revenir, épaisse, poisseuse, je cherche le canal d'une station italienne à la radio, ne reçois que le son d'une fréquence inaudible, voix d'une créature qui tenterait de nous mettre en garde.

À l'entrée de la capitale, nos voitures se séparent, Catherine conduit plus vite que moi, je crains de retrouver Brahim après sa flèche « vous n'allez pas bien ensemble ».

Notre maison paraît plus petite que d'habitude, des débris de verre sont tombés sur la chaussée, un visiteur, le vent, un écureuil. Je me gare à l'extérieur, réveille Erwan endormi, parti dans ses rêves de porte-avions et de combat. La pluie surgit, un torrent de boue dévale depuis l'immeuble Shell, entraînant dans sa course et dans mon imagination les robes, le maquillage, les sous-vêtements de Catherine, la mauvaise âme de Bruce.

La maison est déserte, Brahim est parti en laissant sur la table de la salle à manger une carte routière, des billets d'avion, le dépliant de notre hôtel à Bou Saada, la lumière du salon, de notre chambre ; dans le garage, sa voiture a disparu.

Je crois en la circulation des pensées, de loin il aura entendu Catherine dessouder la pierre de notre couple, éclairer notre silence, « ne pas aller ensemble » signifiant marcher d'un pas disjoint, à contretemps, à l'opposé de la course du désir qui rassemble.

Je l'attends.

Mon homme, mon mari.

Je hais Catherine.

Je rassure Erwan inquiet, son père reviendra, parti faire une course sûrement.

Avec le vin, l'attente n'existe plus. Alger se dresse comme un jeu de construction, le vent actionne ses girouettes, fait tourner ses grues, les draps s'envolent, les navires tanguent, franchissent l'horizon, disparaissent dans un gouffre.

La veste saharienne de Catherine, son pantalon de toile rentré dans des bottes en caoutchouc, sa peau de blonde, s'amusant dans des lieux que je ne fréquente pas, buvant des liqueurs brûlantes, les traits du visage déformés par le halo des fumées de cigarette.

L'alcool rend fou.

Sur la platine, la chanson de Serge Reggiani, *Ma liberté*.

Découper les tomates, hacher le basilic, émietter le fromage, faire bouillir les pâtes. Erwan, épuisé, m'observe dans la cuisine, je reprends mes esprits, mère oiseau, mes gestes de ménagère me sauvent de la peur, me donnent un rôle, mon fils se souviendra de moi ainsi, près du four et de la gazinière, triant, coupant, lavant, le sang du poisson sur les mains, l'odeur du poulet dans les cheveux, sur les vêtements, équarrissant la viande quand elle est trop nerveuse, bœuf bourguignon, pommes de terre en robe des champs (robe de chambre dit Erwan), artichauts vinaigrette, frites au couteau, gâteau à la banane, quatre-quarts au chocolat, crêpe-Suzette, rognons pour le fer, oranges sanguines pour les vitamines, chocolat au lait, tartines de pain grillées, apprenant encore, glaçage, fumets, sucs, aubergines confites, marmelade de coings, pour parfaire mon rôle de mère puisque j'ai manqué mon rôle de femme.

Le jardin sous l'eau derrière les voiles de la chambre, les pierres, les roseaux, les fleurs entourant les vignes du vin du soir, le bruit de la pluie, clapotis sur le toit de notre maison. Erwan endormi, nous pourrions vivre ensemble, ne plus sortir, je regarderais mon fils grandir à la manière d'une plante. Homme, il remplacerait Brahim, je serais à ses ordres, l'attendant le soir, épouse symbolique qui n'embrasse ni n'étreint le seul fils de sa vie.

Dans la nuit, le bruit de la voiture, du garage, de la porte, du trousseau de clés. Je ne bouge pas. Brahim se couche à mes côtés, me retourne sur le dos, soulève ma chemise de nuit, force mon sexe avec sa main. Je ne dis rien.

VI

Les liens parallèles. Catherine et moi, Bruce et Erwan.

Après l'école, je me rends immeuble Shell avec Erwan et Bruce. Catherine nous attend.

Le gardien me salue, je monte la rampe, j'ai ma place sous les parpaings, celle d'Amar. La familiarité d'un lieu que je fantasmais le rend moins puissant.

J'occupe les heures de Catherine, Erwan occupe les secondes de Bruce, exigeante, brutale, agressive.

Ils mènent une guerre des nerfs, jouent au cheval, à la moto, hurlent, fous de haine et de désir réprimés. Ils ont la même façon de s'exprimer, de marcher, de taper contre les murs de la chambre de Bruce avec les gants de boxe, faisant voler le nunchaku, brisant une vitre. Ils sentent, crachent, se griffent, abattus, couchés sur le sol, ils dessinent des cercles qui se démultiplient, se confondent, soleils rouges, lunes noires, tracent ce que nous ne voyons pas, ne saisissons pas, ne comprenons pas.

Leur combat n'est pas à armes égales, Erwan deviendra un jeune homme, Bruce stagnera ou changera. Elle est en colère, en veut à Erwan, le frappe, il se défend, il apprend d'elle, lui prend tout, vrillant sous les posters de Bruce Lee, révolté d'avoir été pris pour un faible, une fille. Il pourrait l'écraser avec son poing, n'ose pas, n'osera pas, l'avenir est à lui. Bruce aura beau courir, Erwan la dépassera, aimera, jouira, il sera à sa place, au bon endroit, dans le clan des hommes.

Bruce, l'invertie qui éclaire. Elle possède un livre éducatif sur la sexualité, le prête à Erwan. Je le feuillette, les imagine préférer la photo du milieu sur deux pages, en noir et blanc : un homme nu est allongé sur une femme nue. Erwan s'identifie à l'homme, Bruce ne s'identifie pas à la femme.

Une seule femme existe : sa mère.

Les mains de Catherine se faisant les ongles. Elle souffle sur son vernis pour qu'il sèche plus vite.

Sa jupe en daim longue, serrée à la taille, ses fesses.

Les pull-overs en V, ses fines chaînes en or sur le décolleté.

Le ton de sa voix, entre l'élégance et le mépris.

Elle ne répond pas au téléphone en ma présence ou en présence de sa fille ?

Elle aimerait connaître tous les continents et tous leurs hommes.

Son corps est à tous les hommes, mais reste indocile.

Les hommes sont voués à sa personne, non l'inverse.

Il y a des femmes qui consacrent leur temps à la séduction des hommes ; à travers eux, elles se désirent.

Amar rapportera de son voyage des sous-vêtements, une paire de talons aiguilles. Il connaît sa taille, il est l'homme de sa femme.

Je veux nager dans le sang de Catherine, me perdre dans son histoire, remonter à l'origine des femmes, retrouver mon histoire, celle que je fus, celle que j'aurais pu devenir. Je veux être dans ses bras pour me consoler de celle que je ne suis pas.

Elle me conseille de changer de coiffure, de vêtements. Elle me maquille, passe sa main sur ma joue, je suis tantôt le petit chien du mendiant dresseur, tantôt la mère d'Erwan. En présence de nos enfants, mon désir se dilue, dépasse sa personne. Je vise ses hommes, l'invisible, ce qui n'existe pas, n'adviendra pas.

Est-elle consciente de ses gestes envers moi – prendre ma main, toucher mon épaule, effleurer ma peau – ou est-ce un geste féminin qu'elle applique à elle-même, ne faisant aucune différence ? Seuls les hommes sont la tentation, l'objet. Elle entretient avec moi une relation qui pourrait ne pas exister. Je ne suis pas indispensable.

Elle se rend à la maison en l'absence de Brahim ; sur les escaliers de la terrasse, je crois voir le fantôme de mes lubies puis je m'habitue à son corps dans mon lieu, comme s'il était en moi.

Devant mon jardin, comme si elle le défaisait, que l'un en présence de l'autre n'avait plus la même valeur, s'annulait. Elle ne va ni dans la chambre d'Erwan, ni dans la chambre conjugale, refusant de voir la scène de Bruce quand elle vient à la maison, la scène de Brahim quand nous dormons ensemble.

Mes gâteaux, mes offrandes. Mais à l'exemple de sa fille, elle a un appétit d'oiseau. Les femmes rejettent la nourriture, préférant la distribuer à leur progéniture, le contrôle et le sacrifice.

La mémoire des guerres et des famines, les seins, les hanches, les cuisses des femmes, réserves de chair, de lait, mémoire de la souffrance des familles, des peuples.

Je ne reçois pas de compliments sur Erwan. Quand moi je loue Bruce, elle sait que je mens, que sa fille me dérange, me choque. Je suis arriérée comparée à elle, vieux jeu, province.

Quand nous serons à Bou Saada, elle sera à Paris avec Bruce, son mari. Je les imagine dans la ville refusant de rentrer à Alger, rien ne la retient ici. Paris contre le petit désert.

Le ciel nous unit, de son immeuble à la maison, petit chemin que je ne quitterais pas quand, elle, découvrira une ville nouvelle.

Je suis destinée à l'Algérie. Enfant, je l'ignorais.

Un soir. Je la raccompagne avec Bruce, sans Erwan, je passe la guérite, monte, les dépose devant leur immeuble, après la rampe, je m'arrête à mi-chemin, descends de la voiture, traverse un préau, il fait presque nuit, je veux visiter le parc, il s'ouvre à moi. Je m'engage dans une allée, rejoins une dalle où des hommes prennent le soleil quand vient l'été, nus, emmêlés, les uns sur les autres, corps de chiffon, gras, corps de pierre, musclés, roulant, se chevauchant à l'abri du regard des femmes.

Le jour, le parc est en lisière comme s'il avait reculé pendant la nuit, se tenant à distance du bâtiment, Catherine n'y descend pas, je surveille Erwan et Bruce, dévaler les chemins de terre, plonger dans les bains d'herbes, vagues vertes ondulant sous les rafales de vent. Ils ont les genoux, les coudes griffés, se battant entre eux et contre les ronces, les écorces, les orties, le paysage est lui aussi un adversaire, Erwan et Bruce défient la terre, les arbres, rien ne doit leur résister, tout doit se plier à la violence qu'ils épuisent, mais elle renaît, plus forte. Catherine nous surveille depuis son dernier étage, régnant sur le lieu, les enfants, mon corps doit lui paraître si petit vu d'en haut. Nous ne sommes rien, les histoires se succèdent, des familles naissent et meurent, des amitiés se lient et se délient, des amours surgissent sans s'accorder.

Amar est rentré de voyage. Catherine veut nous présenter. J'ai peur de le rencontrer, peur de son jugement, sur moi, sur Brahim, peur de découvrir une autre Catherine comme si son mari allait la révéler autrement, comme si j'allais ne pas la reconnaître et me sentir délaissée.

Erwan est lui aussi invité.

Je ne reconnaîtrais pas les lieux, je me cacherais derrière mon fils, mon mari, embarrassée et maladroite. J'ai perdu l'habitude du groupe, mes relations se font à deux – intimité et destruction.

Brahim est heureux de sortir, nous n'invitons plus ses amis, la maison s'est refermée sur nous, à cause de moi, du vin, à cause du jardin, de ses ondes magnétiques, hypnotiques qui nous retiennent prisonniers, contraints à l'admirer, à surveiller ses fleurs, naissance et pourrissement, à cause de la ville, Alger, bruyante, agressive, surpeuplée.

J'ai peur d'avoir honte de Brahim, je déteste cette phrase, mais elle est vraie. Honte de sa tenue, de sa conversation, comme si tout ce qui m'approchait n'était pas à la hauteur, comme si Amar était forcément supérieur à Brahim.

Une robe, une jupe ou un pantalon ? Catherine sera plus belle que moi, comme à son habitude, je n'en suis pas jalouse, j'aimerais avoir son don, tout tombe bien sur elle, roule bien, comme sa langue sans doute quand on l'embrasse, baiser profond et sexuel.

Robe noire, manches longues et col montant, me faisant penser aux jeunes filles religieuses, aucune prise au désir ; invisibles dans la ville, elles échappent à la saleté des hommes, à leur impatience, les maîtres des murs et de l'asphalte, à qui la cité appartient, assassins de la jeunesse, de la pureté. Les jeunes filles avancent, passant au travers des hordes pour gagner les bancs de l'université, leur chambre d'étudiante, avec l'espoir de partir, de quitter le pays des fous.

Un collant chair que l'on ne verra pas, juste pour les doigts de Brahim dans la voiture, mais depuis la dernière fois, il n'ose plus m'approcher, a honte.

Les boucles d'oreille, mes cheveux, peu de maquillage, je ne sais pas faire, ne veux pas faire, je suis hors des choses des femmes, hors de l'attrait des hommes. Je suis juste adaptée à mon jardin, à sa culture, son entretien, j'ai quitté la civilisation, je suis la pierre et la plante la recouvrant.

Brahim, costume, chemise, cravate en laine de couleur bordeaux. Ses cheveux ont poussé, sa barbe est dense, taillée, poivre et sel, mi-jeune mi-mûr, la quarantaine, l'âge où l'on sait que l'on ne sait pas, où l'on admet ses erreurs sans pour autant craindre en commettre à nouveau puisqu'il faut encore essayer, encore chercher, l'âge du corps en force, plus ferme, dessiné, s'affaissant à peine dans le bas du dos, affaissement qui est attendrissant, le reste de la silhouette est tenue, athlétique, elle a perdu l'arrogance de la jeunesse, mais rayonne, splendide, rassurante.

Erwan mon amour avec son blazer, sa chemise et son pantalon trop grand.

Habillés pour des noces. Je me prends en photographie dans le miroir, sur l'image, l'appareil polaroïd est une arme braquée.

Nous ne sortons jamais dans la nuit d'Hydra, hors de nos murs, de notre maison, je suis excitée. Le chemin est court, dans l'obscurité les formes massives des mimosas, boursouflures des jardins, barrière naturelle, infranchissable.

L'immeuble Shell en compagnie de Brahim, sensation d'une transgression et envie d'alcool.

Nous montons les étages à pied, l'ascenseur ne fonctionne pas, l'un derrière l'autre, comme dans la crique, nous nous rendons soit vers une fête soit vers un désastre, notre désastre ; et si les éléments distincts de l'histoire soudain réunis renversaient l'unité, détruisaient l'harmonie (illusoire), révélaient la supercherie, mon désir pour Catherine, la solitude de mon mari, la haine de Bruce pour Erwan, l'adultère des Bousba ?

Catherine ouvre la porte. Blouse rouge, jean, pieds nus dans des sabots, un collier en corail – nous sommes trop habillés.

Sourire gêné de Brahim, son costume, sa cravate, ma robe, il faut faire semblant, nous avons l'habitude. Erwan nous délivre courant vers la chambre de Bruce sans saluer les invités, déjà défait de son blazer.

Je tends des crocus du jardin à Catherine, Amar la rejoint.

Cheveux noirs, bouche charnue, il porte une chemise dont il a relevé les manches, pas de montre, pas d'alliance, un pantalon étroit, des boots, gracile avec l'air animal de Bruce. Je ne l'imaginais pas ainsi.

Catherine et Amar forment le couple parfait : l'aisance des corps, nos empêchements. J'ai encore envie d'alcool.

Bruce vient nous embrasser, elle porte un vieux tee-shirt, un short, elle est pieds nus, n'a fait aucun effort, semble avoir pleuré.

Dans le salon, les corps ne se retournent pas vers nous. Quatre hommes, quatre femmes, les amis des Bousba, couchés sur le tapis, sur des coussins, ils sont arrivés avant nous, parlent fort, ils ont l'aisance de ceux qui ont gagné une place, ne la quitteront pas, sûrs de leur image, de leurs opinions, excités par le vin, le whisky, la musique.

Je ne reconnais pas l'appartement. Catherine a retiré des meubles, fauteuils, table basse, constitué un buffet dans le fond de la salle à manger vide, d'un côté les vins et les alcools forts, l'eau, la limonade et le pain, de l'autre, un plat pour le mouton éventré que l'on déposera, dépouille fraîche avant la putréfaction.

Catherine fuyante, je me sers un verre de vin, Brahim rejoint les hommes sur le tapis, il a retiré sa veste, sa cravate, il pense être des leurs, il ne l'est pas, à cause de moi, du jardin, des soirées solitaires, de la ville qui pleure.

Amar évoque l'amitié entre Erwan et Bruce, l'étoile de Shérif, la crique, la douceur d'après Catherine de mon fils, la dureté de sa fille, ma maison qu'il aimerait bien visiter, pour se faire une idée, même si les appartements sont plus sûrs.

À l'étranger l'Algérie est un sujet d'incertitude, de discussion, quelque chose se prépare, avec les Libyens, les Syriens et peut-être les Iraniens, l'Ayatollah a ses fils de par le monde qui font des fils qui ont des fils qui auront des fils. Il croit en une descendance de la violence. Dans mon imagination il a reconnu la mienne, la rattache à la chute annoncée du pays.

Je regardais mes plantes, je regarde les autres, les gestes, les voix, les éclats de rire, fleurs des villes, libres, insouciantes, colorées, sorties de terre, bientôt sous les pluies de sang d'un cataclysme.

La main de Catherine autour de ma taille, geste d'affection, justifiant notre présence, Brahim et moi n'avons rien à faire ici.

Je ne l'avais jamais vu danser, Salomé dans les flammes.

La chambre de Bruce est vide, les enfants ont investi la chambre des parents, une télévision y a été branchée pour la soirée, ils regardent, sages, *La Piste aux Étoiles*, comme si la présence d'adultes, différents de nous, sa mère et moi, les empêchait d'exprimer leur violence. Un frère et une sœur devant l'écran ; ils s'endormiront, enlacés.

Nous partons dans deux jours à Bou Saada, nous n'aurions pas dû venir mais nous préparer déjà au désert, nous laver de nos pensées mauvaises, me laver du cœur mauvais de Catherine, ne pas aller à la rencontre des revenants de l'immeuble Shell, fantômes des massacres, des crimes, des carnages.

Écrire dans le désert pour me purifier.

Sur le lit de Bruce, sous les posters, attendant un signe du maître Kung Fu ; il reste figé dans le papier et le scotch. Bruce me rejoint. Assise près de moi, nous admirons son idole, priant qu'il repose au paradis et non en enfer. Le silence nous unit. Un large bleu traverse sa cuisse gauche.

Encore un verre de vin.

La viande est portée sur l'épaule de l'homme de la maison, Amar triomphe, il a retrouvé sa femme. Les cuisses du mouton gonflées par la cuisson, la peau retroussée à l'os, la tête tranchée, il reste des filaments veineux, nerveux, une entaille au couteau au ventre fourré d'herbes, d'ail et d'oignons, animal embaumé, offert aux doigts des convives qui arrachent sa chair pour s'en nourrir, dégustant le goût du cadavre qui pourrait être le cadavre d'un très jeune garçon.

La rumeur des voix est plus haute que la rumeur du vent dans les branches de la forêt de l'ambassade de France.

L'immeuble plie, se redresse, effet de l'alcool et sentiment de ne pas appartenir au lieu, à la soirée, à la classe sociale des invités, mon chemin est à l'envers de tous, mais Catherine se trompe : malgré nos pas d'écart, j'avance dans la trajectoire de Brahim, un peu avant, un peu après la dislocation de notre amour.

Gilberto Gil.

Une femme revient des États-Unis, elle compare la libération des Noirs américains à celle des Algériens ; elle croit en un État panafricain, à une dynastie des opprimés, au soulèvement des enfants d'esclaves contre l'ordre capitaliste, la prochaine révolution sera celle des femmes, l'expérience de la violence est une expérience collective, les hommes seront libres quand ils l'auront compris, intégré : tous égaux, toutes égales.

Catherine n'aime pas la politique, lui préfère la musique.

Shirley Bassey.

Jiyed, le meilleur ami d'Amar, croit aux vertus de la poésie, un peuple doit être instruit, éduqué à la beauté avant de renverser son gouvernement.

Les richesses du pays, le pétrole, l'uranium et les coupures d'électricité, dit Amar.

Les services secrets ont infiltré le milieu intellectuel, soit pour le surveiller, soit pour l'utiliser.

Le peuple a autant besoin d'amour que de soins, il se tournera vers les religieux, eux seuls distribuent la galette et le lait.

Un psychiatre a reçu la visite de la milice, ils ont consulté ses dossiers, ont noté les noms de ses patients, seul dieu a le droit de sonder et de guérir les esprits malades.

Un homme a été arrêté à Alger, à l'aide d'une aiguille, il piquait les cuisses des femmes en jupe.

Les rires et le whisky.

Tentation de rejoindre les enfants, de m'humilier, de sacrifier l'honneur de Brahim.

Mon mari est le mouton que l'on décharne, que l'on avale.

Les doigts et les lèvres huileux.

Des voisins de Catherine ont reçu des menaces, morceau de papier plié en quatre, sans enveloppe, glissé dans leur boîte aux lettres et détaillant par le menu les prochains sévices dont ils succomberaient.

Encore un verre de vin. Le dernier.

Brahim porte à nouveau sa veste, sa cravate dépasse de sa poche, les hommes vont fumer sur la terrasse, nulle étoile ne scintille au-dessus de l'immeuble Shell, abri atomique d'une future guerre, redoutée par les uns, attendue, espérée par les autres.

Les personnages du décor se sont séparés, je suis au centre du tapis, je pourrais creuser avec une chignole un trou pour espionner les voisins d'en bas, ceux que l'on a menacés, qui partiront en premier.

La liste des futurs morts.

Ils dansent comme le petit squelette chinois de mon fils.

J'ai perdu Catherine, mais je ne l'avais pas trouvée.

J'ai froid, Erwan est fatigué, il faut clore notre soirée, soulager les invités de notre présence, de la mienne surtout, Brahim ignore son statut, comme à son habitude.

La libération débute en ce lieu, quand nous quitterons le faux couple, Amar et son épouse, les faux révolutionnaires, leurs amis.

La colère du vin.

Je dois me rendre dans la salle de bains, de l'eau sur mon visage, ma nuque. Dans le couloir, quand on lui demande qui je suis, Catherine ajoute : « Elle est dérangée, mais attachante. »

Le vin et les répétitions de mots, d'images, de flashs lumineux. Brahim me prend par les épaules, suis-je à ce point vacillante ou est-ce un geste d'amour pour sa femme dont il ignore le désordre des pensées, la mélancolie de ceux qui croient aimer quand ils poursuivent leur entreprise de destruction ? Nous partons.

Dans l'escalier, l'un devant l'autre, main dans la main, nous sommes trois pèlerins ; si une terre promise existe, nous ne l'avons pas découverte.

Bou Saada. Les crêtes des dunes, sinuosités dont on ne connaît ni le début ni la fin. Nous avons trouvé ici les graines du petit palmier de notre jardin, nous rendant depuis sur sa terre d'origine.

Je n'ai pas revu Catherine, je ne lui ai pas téléphoné. Ils sont à Paris.

J'ignore ce que Catherine évoquait à mon sujet par « dérangée » et « attachante » ? Dérangée comme un objet qui n'est pas à sa place, attachante comme les chiens des marchés qui exécutent leur numéro.

Tristesse et honte.

La tristesse de la trahison, la honte du vin.

Notre hôtel est construit en paliers, ombre et clarté. La base, cavité de fleurs, d'arbres, propulse l'air qui manque à mes poumons. La douceur de Brahim m'oppresse, je ne parviens pas à y répondre et ne parviens pas à analyser mes sentiments. Je l'aime d'un amour qui n'existe pas ou je l'aime par l'entremise d'Erwan, fils du père. Les liens de la filiation sont des tentacules accrochés à un organisme. En aimant Erwan, je suis forcée d'aimer Brahim.

J'écris dans notre chambre, le désert océan.

Brahim part tôt le matin avec Erwan, commandant la veille des tours de dromadaire. Brahim marche près du dresseur, sur une route balisée. De quoi parlent-ils ? Des sables comme des vagues, de la sécheresse, de la pauvreté, de la ville que les gens d'ici fuient en raison du racisme des gens du Nord. De sa femme qu'il ne comprend pas. De son fils qui grandit dans un pays sans avenir.

Catherine sait que je l'ai entendue. Elle doit ressentir de la gêne ou du soulagement. Je pourrais la faire chanter. Pour me venger j'ai pensé écrire une lettre anonyme, comme celle reçue par ses voisins : « Nous allons t'égorger, toi, ta fille et ton mari. » Je me déteste.

Vivre dans la possibilité de se faire assassiner.

L'Algérie. Je deviens folle. Brahim est une ombre. Mon fils doit partir. Nous, ses parents, resterons.

Le désert est hostile, je pourrais m'y égarer, le désert est généreux, il répare, sa lumière est l'onguent, son air est la robe, sa palmeraie est la ville heureuse dans laquelle je m'enfonce, personne ne m'y connaît ou ne m'y reconnaît. Les hommes du désert ne regardent pas les femmes françaises.

J'imagine Catherine à Paris, elle retrouve son rang, vit son désir et ses aventures comme l'on vit des existences morcelées qui feront, un jour, quand elle se les racontera, une grande existence.

Dans les rues de Paris, sûre d'elle, loin de l'Algérie, de sa foule, des jours lugubres.

Michèle Akli, dame de compagnie.

J'imagine Bruce descendre l'avenue des Champs-Élysées, fière, la capitale lui ouvrira ses portes, acceptant des enfants de sa fabrique, ni filles ni garçons, troubles eaux des marécages. Paris, les grands magasins, les décorations de Noël, l'inverse du pays des hommes qui n'aiment pas les femmes.

Seule dans la chambre d'hôtel de Bou Saada, je m'exerce à une retraite, je pourrais vivre sans Brahim et je pourrais vivre sans Erwan si je le savais ailleurs, sauvé du pays.

La couleur du ciel quand le sable y monte, entortillé dans une colonne d'air.

Les foulards sur les visages, la teinture qui colore les peaux.

Les femmes du désert sont plus libres que les femmes de la ville.

La beauté des habitants, le contraste de nos peaux, de nos traits. Les boubous, les gandouras, les bijoux, amulettes et bagues targuies.

Je cherche l'amour auprès de Brahim, prie pour que la beauté me bombarde, me ramène auprès de l'homme que j'ai négligé. Je le regarde dormir, se laver, se vêtir, quitter la chambre, son blouson, son pantalon, son pull, ma main qui pourrait le caresser, réveiller sa peau pour qu'elle épouse ma peau. Je ne parviens pas à revenir au désir, mon embarcation s'est brisée.

Mon fils est la consolation.

Erwan, l'espérance.

Brahim, mon protecteur. L'attaché culturel, ma candidature pour le poste de bibliothécaire au lycée français. Je suis retenue. Il s'appelle Henri Thomas. Il prendra ses fonctions en avril, me recevra.

Des hommes et des chevaux. Ils portent des burnous, des pantalons bouffants, chaussés de bottes, ils sont coiffés de tissu en lamé or, assis sur des selles brodées de fils d'argent, ils brandissent leurs fusils, ils sont au nombre de vingt, cohorte ; les chevaux se cabrent, impatients de s'élancer dans la course, leurs peaux brossées, lustrées, les muscles tendus. Dès le coup de feu, les chevaux bondissent, ruent, entraînent les cavaliers qui tiennent les rênes d'une main, leur arme de l'autre, cambrés, rigides sous l'effet de la vitesse, tirant. Le ciel est rouge de poudre des canons. Fantasia. Nous sommes le 1er janvier 1978.

Une croix à la craie sur le portail de notre maison. Nous l'effaçons. Le jardin n'a pas été visité, pas de trace de pas dans la terre, pas de plantes écrasées, le garage est fermé. La porte de la maison est entrouverte. La chaîne hi-fi n'a pas été volée, ni la télévision, rien ne semble déparer dans la chambre d'Erwan, mes bijoux sont dans leur boîte, rien ne manque, les vêtements, les disques, les photographies, mes carnets ont été retirés du tiroir de ma table de nuit, dérangés dans leur ordre, mais je n'en suis pas certaine, les ayant peut-être moi-même déplacés avant de partir ; Brahim dans la cuisine m'appelle. Sur la table, un verre de lait et un morceau de pain, un rôdeur, un honnête homme.

J'ai peur. Notre maison a été repérée. Ils reviendront.

La milice.

Je vérifie les portes, les serrures, le jardin, le garage.

Quand le téléphone sonne, je tente de distinguer un bruit qui me prouverait que nous sommes sur écoute.

Je parle à voix basse, retourne les tableaux, les cadres, les miroirs. Dans la ville je reconnais les espions, les meurtriers qui attendent le meilleur des jours pour nous supprimer.

Catherine me manque, je ne l'appelle pas.

À la sortie de l'école, la CX. Bruce salue de loin, ne s'avance pas, laisse Erwan. Je ne descends pas de la voiture, ne m'informe pas auprès de mon fils, le laisse en dehors de mes affaires, à son amitié qui s'achève, je ne sais pas.

Il a neigé. Les fleurs prisonnières de la glace, espèces endémiques d'organismes congelés qui reprendront vie dans un nouveau siècle.

Depuis l'intrus, l'impression d'écrire avec quelqu'un penché sur mon carnet, vérifiant le contenu de mes pensées, les jugeant.

La mousse au chocolat, le batteur Moulinex, les œufs délicats, ils montent, se désagrègent, reviennent, leur texture est celle du tutu des danseuses.

Je m'endors contre Brahim sans désir charnel, mais avec le désir de le protéger. Je ne supporte pas mes visions de son sang sur la peau de son corps battu. Je ne supporterai pas de le voir supplicié, à genoux, humilié.

Catherine a appelé. Elle a cédé. Par ennui, regrets. Elle nous invite un mercredi après-midi, Erwan et moi, chez elle, Amar est reparti, elle a des cadeaux pour nous, des cadeaux de Paris. J'accepte pour Erwan, non pour moi.

Ma jupe à carreaux.

Dans la forêt de Baïnem des noisettes, des marrons, du houx, des chardons.

En sortant du garage je vérifie si nous ne sommes pas suivis. Je ne monte pas directement vers l'immeuble Shell, fais un détour par la place d'Hydra, je poste une lettre pour mes parents, leur présentant mes vœux, pour mon frère, y joignant une photographie d'Erwan portant des mimosas, les fleurs dévorent son visage.

Mon fils, à l'arrière de la voiture, le radiocassette : « il y a de la rumba dans l'air, le smoking de travers ».

Vers l'immeuble Shell, passager d'un vaisseau spatial propulsé vers un astre dont il ne pourra pas revenir sans se désintégrer en chemin, passager astronaute flottant dans sa capsule, dans l'infini de l'infini, perdu, seul et oublié de tous.

Nous dépassons la guérite, montons la rampe. Erwan refuse de prendre l'ascenseur, il a peur. Dans l'escalier, j'ai l'impression de faire le chemin inverse de la dernière fois, et de réparer les mots de Catherine, assurance de notre déclassement social et amical, Catherine nous ayant moins bien traités que les autres, moi en particulier (dans mon délire).

À la porte. Bruce ouvre.

Catherine sur son canapé, se lève, me serre contre elle, mes hanches, ses mains, je suis gênée.

Le bouquet d'hiver dans son salon et les arbres nus du parc.

Elle a des cadeaux, se rend dans sa chambre, revient. Un foulard pour moi, une montre pour Erwan, du chocolat, des cigares pour Brahim. Les objets contre la cruauté d'une phrase « dérangée, mais attachante ».

Elle change de chaussures, a envie de marcher dans le parc. Cela lui ferait du bien. Amar est au Venezuela, il est difficile à joindre, se déplace à l'intérieur du pays, les lignes sont mauvaises.

Erwan et Bruce font des bombes de terre glaise qu'ils jettent par-dessus les fils de fer barbelé qui séparent le parc de l'ambassade de France.

La limite entre les ressortissants français et les Algériens. Quelle partie occupent nos enfants ?

Sur un mur, peint en blanc le sigle du Front de Libération National.

Dans le parc, vu d'avion, nous devons ressembler à quatre rescapés.

Quelque chose arrivera, une cassure ou une révélation ; intuition d'un changement radical comme si je m'échappais d'un piège qui ne s'est pas encore refermé sur moi.

Le vent se lève, passé les préaux, il manque de nous faire tomber.

Sur l'escalier de notre terrasse, Brahim près de moi ; l'amour reviendra, comme les vagues au récif, l'enfant à sa mère, la vieillesse à l'innocence. Rien ne se fige, à la manière des éléments, des planètes, nous frottant à leur chaleur, leur mouvement, à leur vibration magnétique. Nos sentiments tournent à leur manière, dans un sens et dans un autre, disparaissant, réapparaissant. Nos baisers renaîtront de nos adieux silencieux.

Le téléphone sonne en milieu de matinée, je suis seule, Erwan est à l'école, Brahim à son usine. Catherine doit se rendre à l'hôpital Mustapha pour vérifier quelque chose, rien de grave. Elle me demande d'aller chercher Bruce à l'école, tout de suite et de la garder chez moi. Je suis obligée d'accepter.

Bruce au pied de l'établissement, son blouson noué à sa taille. Elle court vers ma voiture, monte. Nous rentrons à la maison.

Dans le rétroviseur, vision d'un animal trouvé sur le bord de la route, trempé par la pluie, blessé par une voiture ou par la balle d'un chasseur.

Sur le radiocassette, *Yellow Submarine*, la chanson d'Erwan. Aucune enfance ne se ressemble. Bruce est perdue dans ses pensées.

Dès que nous entrons dans la maison, elle se précipite dans la salle de bains, s'enferme. L'eau coule, elle se lave. Elle revient son pantalon en boule entre ses mains, me demande si l'on peut le mettre dans la machine à laver puis le faire sécher sur le radiateur. Je vais chercher un pantalon dans l'armoire d'Erwan.

Bruce fière de porter le vêtement d'un garçon, espérant une transition de son corps vers le corps qui « occupait » le pantalon.

Catherine téléphone depuis l'hôpital s'assurant que sa fille est avec moi. Cela arrive de temps en temps à Bruce, la nuit en général, dans son sommeil, par paresse, endormie, pensant pouvoir se retenir jusqu'au matin, ou quand son père est présent et elle raccroche. Catherine doit subir un examen, elle a perdu beaucoup de sang, ce qui aura effrayé Bruce.

Les yeux, les mains, le bassin, les épaules, le squelette de Bruce.

Je n'ose pas la prendre en photographie, non par crainte de l'ennuyer, mais de découvrir sur le cliché une figure diabolique à la place de son visage.

Dans le jardin, je lui demande d'arracher la terre qu'il faut bêcher, le buis qu'il faut resserrer, les branches du néflier qu'il faut tailler avant la venue du printemps.

Bruce, l'enfant triste.

« Perdre beaucoup de sang. » Je les imagine dans la nuit sans Amar, les draps salis, dans la chambre du dernier étage de l'immeuble Shell, navire fantôme.

Je prépare notre déjeuner : casser les œufs, râper les carottes. Bruce dans le jardin s'active, arrache peut-être les plants de lilas, de chèvrefeuille et de glycine, détruit les rosiers en veille, les capucines en semence, les palmes de l'arbre du désert.

Seule avec elle. Elle ne dit rien, fixe ma broche, mon alliance, un bouton de mon gilet, elle est incapable de soutenir mon regard, non par impolitesse ni par timidité, mais par haine de l'image qu'elle renvoie, de son ambiguïté.

Les erreurs de la nature. Je déteste avoir écrit cette phrase.

La neige est proche, cachée sous le ciel ; rouleaux de coton.

Bruce remplace Erwan pendant quelques heures ; l'impression d'être en présence d'un garçon et non d'une fille.

Elle veut voir sa mère, redevient un tout petit enfant et se ressaisit.

La télévision, un feuilleton égyptien. Bruce parle, comprend l'arabe, la langue des garçons de la rue, des joueurs de football, de son père à l'international comme il s'en vantait à la soirée ; langue masculine et de pouvoir pour sa fille.

Les Algérois s'expriment en français, gardent la langue des écoles, des lycées, des universités de la colonisation.

Avec le temps, dans les conversations, un mot en français, un mot en arabe à la manière de deux liquides qui se superposent sans se mélanger, l'un plus fort que l'autre.

Dans quelques années, la langue arabe primera.

La République démocratique et populaire d'Algérie, ainsi se nomme le pays dans lequel nous vivons, aimons, n'aimons plus.

Elle demande du papier et un stylo.

Je la regarde écrire, penchée, concentrée, avec un alphabet qui n'existe pas, narrant le récit de sa vengeance. Elle écrit le plan de la cellule qui l'enferme, y circulant, triste, joyeuse, forgeant ses rêves, elle a l'air d'un monstre.

Quand Catherine vient chercher Bruce, elle n'entre pas, klaxonne. Bruce la rejoint avec ses feuilles, ne m'embrasse pas, remercie pour le pantalon.

Le bruit de leur voiture qui se dirige non vers l'immeuble Shell, mais vers le centre de la ville que je compare au ventre qui saigne de Catherine.

Je me sens triste, vide, comme si Bruce avait aspiré les mots de mes carnets, les appliquant sur ses feuilles, les reliant par des flèches, des dessins, insectes géants dévorant mon écriture, mes pensées, mon âme.

Bruce a refusé d'entrer dans la chambre d'Erwan, de choisir un livre, un jouet. Elle est restée près de moi, transfusant mon sang à son sang qu'elle redistribuera à sa mère.

J'imagine Catherine s'entailler les veines, perdre un enfant ou se vider du sang de ses amants.

Je lave son verre, ses couverts, son assiette, je nettoie le dossier et l'assise de sa chaise, je jette à la poubelle le stylo qui aura formé des lignes sur mes lignes, des lettres sur mes lettres, des créatures à l'image de son esprit dérangé comme le mien. Mais elle, Bruce, n'est pas attachante.

Les flocons de neige tombent sur le jardin, plumes que jettent les habitants du ciel sur les plantations, les engrais. Mon jardin est recouvert d'une couche qui est le drap de mon lit sans plaisir. Je suis l'arbre sec qui ne fleurira plus.

Appel téléphonique de Catherine et Bruce. Elles nous invitent avec Erwan à passer une nuit dans un bungalow au bord de la mer à quelques kilomètres d'Alger pour nous remercier. Je dois réfléchir, Catherine insiste.

Brahim me force à accepter, cela me changera les idées. Il souhaite rester seul, recevoir peut-être une femme et couvrir le fantôme de mon corps par un corps qui lui rendra ses baisers, acceptera son désir, jouira de sa jouissance.

Avant la fin de notre conversation, je crois entendre Catherine dire « ce serait bon de te retrouver », j'hésite avec « ce serait bon de nous retrouver ».

Avec le vin, j'imagine Catherine, son ventre à mon ventre, son sexe à mon sexe, elle m'embrasse, cherchant dans ma bouche, avec sa langue, les mots.

Je lui téléphone, accepte l'invitation.

Avant, Brahim voyageait pour son travail, j'aimais être seule avec Erwan, les nuits étaient différentes, nuits de veille et de liberté. J'adorais ses retours, je m'habillais, me parfumais, je l'attendais. Ses absences replaçaient notre amour au centre de la partie du jeu que nous menions, ses absences restituaient ce qui nous manquait.

Je prépare nos affaires, je hais la présence d'Erwan et de Bruce, j'aurais voulu être seule avec Catherine. Des vêtements pour une nuit, elle doit savoir, moi je ne sais pas.

Nous les suivons en voiture, je m'éloigne de Brahim, de mon jardin, les algues surgiront dans mon dos, envahiront notre chambre, étoufferont mon mari, à notre retour il ne sera plus vivant.

Je ne reconnais pas la route des plages, je ne suis plus d'ici, je ne suis plus de moi, je me déteste. J'ai le sang de Bruce, elle a le mien. Je suis perdue.

La mer en hiver n'est pas la mer. Sa violence nous interdit de la regarder. Nous ne restons pas sur la plage. Les rouleaux pourraient nous happer. Ce n'est plus l'Algérie, ce n'est plus moi.

Les débris de bois, les amas de pierre, le paysage défait.

Dans le bungalow les enfants ont leurs jeux, Catherine possède sa beauté, j'ai mon attente.

J'ai honte de notre sac de voyage trop grand, je ne sais pas prévoir, je ne sais pas la vie. La tristesse est une maladie. Bruce porte le pantalon d'Erwan. Brahim me manque. Catherine ouvre une bouteille de vin. J'ai peur de ma folie.

Mon espoir, ce serpent noir.

Brahim dans la maison, l'espace du lieu qui avale ses mouvements quand il est sans moi.

Je joue mes secondes, mes minutes. L'impatience de Catherine, j'attends sa voix.

Croiser mes mains, cacher mon alliance.

L'hiver a détruit le soleil.

J'aimerais connaître le regard que porte Catherine sur moi, hormis la femme à l'esprit dérangé que je suis, savoir si elle perçoit une douceur ou si je suis du sang de Bruce, cruelle, sans foi.

Les enfants ont trouvé des jeux de société dans leur chambre, ont tenté d'ouvrir les placards, ils sont fermés à clé. À qui appartient ce bungalow ? Je ne demande pas. Deux chambres seulement, comment parvenir à dormir près de Catherine ? Les femmes ne doivent pas partager leur chair. La milice l'interdit. J'aurais dû refuser.

Sans Brahim, je crois courir un danger, je me sens coupable, me rattache à mon mari par faiblesse, mensonge.

Bruce a laissé chez nous son pantalon, il séchait sur le radiateur, je le brûlerai à mon retour pour conjurer le mauvais sort.

Les fantômes de la mer sont différents des fantômes de mon jardin, ils emportent loin de soi quand ceux du jardin forcent à entrer en soi, vermine dans la terre.

Blocs de glace au large de la Méditerranée que les cargos brisent en mille morceaux avançant dans l'obscurité, au creux des vagues scélérates. Catherine ne défait pas ses affaires, elle me regarde, son air embarrassé, sa tenue beige, trop élégante pour le lieu, les mains à plat, elle boit à peine, prépare un plan, je donnerais tant pour y figurer.

Erwan et Bruce, le bruit continu de l'enfance qui s'arrache du corps, s'auto-détruit, la mue des peaux, des esprits.

Mes carnets remontent le cours de ma folie, descendant ses torrents dangereux. J'ai construit mon abîme.

Bruce résiste à la tentation de l'amour, son idole seule a le droit de la regarder écrire, dessiner ; elle lui livre sa nudité, dans son lit, sans vêtement, rendue à sa féminité.

La folie de penser que Catherine ait pu croiser mon frère à Paris, lui donnant ce que je ne peux lui donner. Je pourrais me déclarer dans le bruit de la mer qui couvre, Catherine ne comprendrait pas, se moquerait.

Deux femmes et deux enfants, il n'y a rien de plus fragile, de plus démuni. Si la milice arrivait nous serions punies d'être sans homme, battues d'être libres.

Je cherche dans mon jardin une fleur précieuse, unique, une espèce qui n'existe pas, qui aurait grandi au fur et à mesure de mes mots, de mes pensées, de mes gestes de maîtresse de maison, de mes attentes qui ne sont pas des espérances, je n'attends rien, sinon le retour de mon mari du travail, de mon fils de l'école, de mes rêves de jeunesse.

Catherine.

Elle a rencontré quelqu'un. Il va venir la chercher. Elle veut quitter Amar, se sent prête, Bruce est sa limite, mais les enfants doivent suivre et se plier à la passion. Le malheur du vent, de la plage noyée, de notre bungalow qui n'existe pas. Le pays est à notre image. La liberté n'existe pas.

Le spectacle de Catherine. Je la préfère dans mon imagination, paysage aux fleurs d'automne qu'il faut chercher sous les pierres, entre les insectes et la pourriture. Elle a perdu son visage et je ne vois plus les enfants.

Ses mots n'attendent pas de réponse. Je suis hors de sa vie. La folie de Bruce vient de la folie de Catherine, seules les mères enfantent, éduquent. Sous le sable, les traces de l'arrière-saison, sous les traits de Catherine mon désir honteux.

Le bungalow est un enclos et nous sommes ses animaux. Le vin et les sillons du vin sous la peau, le sang qui frappe, ma tarte aux pommes, les rires des enfants excités dans la chambre à côté, enfermés.

La menace de la mer, elle pourrait monter comme l'océan, le naufrage est amorcé.

L'écriture de la désolation. Mes carnets sont ma mémoire. Le déclassement amoureux est égal, ce soir, au déclassement social.

Les hommes et les femmes.

Catherine partira dans quelques heures, le temps que Bruce s'endorme. Elle me remercie, je lui sauve la vie (moi la dérangée). Elle reviendra avant le réveil de sa fille. Mon silence est une frontière que nous ne franchissons pas.

Seule avec les enfants.

Le vin.

Les femmes ont besoin des hommes. Je sépare l'univers de Catherine en deux parties, l'offre et la demande.

Erwan a été vengé, je suis devenue l'alibi de la mère de Bruce. Visions d'Amar dans les hôtels de Caracas, ville grouillante, poisseuse comme celle d'Alger. Amar se livrant au plaisir, Catherine brisant sa vie, les femmes emportent l'amour et les enfants. Elle reviendra, perdue, déçue : le chien revient à la cordelette qui le tient.

Dans la chambre, Erwan et Bruce endormis, ils sont les hommes du parc de Shell, vautrés, en sueur, chacun puisant en l'autre ce qu'il lui manque, la lymphe, le sucre, la sève, le bonheur.

Autour du bungalow, la nuit est la mort.

VII

Henri Thomas, l'attaché du Centre culturel français. Nous avons rendez-vous, une formalité dit Brahim.

Il vient de prendre ses fonctions, il loge à l'hôtel de Zeralda, emménagera dans une villa près de l'enclos de la gazelle de Thomson, villa encore en travaux.

Il est arrivé seul, sa femme et ses deux filles le rejoindront à la fin de l'année scolaire, bientôt.

Il m'attend au Centre, me conduira au lycée pour me présenter au personnel, me faire visiter la bibliothèque du secondaire dont j'aurai la charge.

Le salaire est en devises ; les francs, la monnaie du rêve ici.

Je n'ai pas peur, être parmi les livres et les lycéens n'est pas un vrai métier. Les mots des écrivains protègent, les élèves demeurent des enfants. Erwan entrera au lycée en même temps que moi. Je ne le quitte pas.

J'aurai du temps et du silence, j'emporterai mes carnets, écrirai, même si je n'ose pas me montrer penchée sur ma page ; je ne suis pas comme Bruce. J'ai honte de ce que j'écris, de mes divagations, de mon corps, de mon visage, déformé par le geste, par le sens de mes phrases.

Le printemps a lavé l'hiver, ma tristesse. Je côtoie Catherine, à la sortie de l'école. Nous sommes aimables, polies. Je ne me rends pas chez elle. Invitée immeuble Shell, j'attends Erwan à la guérite, sous l'ombre du bâtiment. Il nous arrive, Catherine et moi, de nous téléphoner au sujet des enfants.

Mes fleurs sont sorties en avance, elles ressemblent à des billes de toutes les couleurs. Je préfère les blanches, la virginité.

Brahim a repeint les volets en rouge sur du blanc, cela fait penser à une villa de vacances. Le palmier de Bou Saada nous a donné des dattes, les *deghlet nour*.

La nature a rétabli l'ordre que j'avais perdu. Je m'ennuie, mais je suis sans tristesse. Et je suis sans Catherine surtout.

Nous croisant en ville ou à la sortie de l'école, je regarde une autre femme.

Les nèfles sont rares, vertes, elles surgiront bientôt en chair molle, orangée, juteuse. Les bougainvilliers ont gonflé, ils recouvrent la totalité de la façade extérieure, j'ai la naïveté de penser qu'ils nous protègent des intrus, des voleurs, des assassins. Les fleurs ne sont pas des armes contre la terreur, elles en sont les témoins muets, si elles pouvaient parler, elles livreraient en détail les heures de sanglots et de violence.

J'ai choisi ma robe en crêpe jaune et mes sandales à talon pour mon rendez-vous.

J'ai verni mes ongles, les passant sur mes lèvres, ils sont doux tandis que l'intérieur de mes mains est rugueux en raison du jardin, de la cuisine, on pourrait y lire mon ménage, ma vie, elles ne pourraient pas caresser la peau d'une femme.

Le soleil est déjà fort, l'été n'est pas loin du printemps en Algérie, il le chevauche, le trouble.

Je veille à arroser mes jeunes pousses avant qu'elles ne soient brûlées, elles seront de nouveaux filets pour les insectes, les papillons de nuit.

Un jardin est un village, j'y reconnais ses habitants, coléoptères, salamandres, coccinelles, hirondelles, musaraignes, chacun revient, de son sous-sol, de son pays, de son hibernation.

Brahim lui n'est pas revenu : il n'était pas parti. J'ai regagné mon point de départ, mes rêveries, ma mélancolie, le silence de la terrasse du soir, nos discussions qui ne se croisent pas, mais qui ont le mérite d'exister.

Je ne suis pas heureuse, je ne suis pas seule.

Sensation d'un souvenir flou de Catherine, pourtant elle existe, au téléphone, immeuble Shell, à la sortie de l'école, dans Alger.

Elle n'est pas partie, ne partira pas. On croit parfois pouvoir mourir pour une personne, mais cette personne meurt avant nous, quittant l'endroit du cœur, les feux de notre désir, de notre colère. Sa pensée a rejoint ma pensée du fleuve, elle est alentour, liquide, sans véritable existence. Catherine n'est pas la racine, n'est pas l'écorce.

Erwan change, il n'est plus le faon, reste l'agneau. Bruce le regarde grandir, leur violence leur appartient, elle est secrète à présent, je refuse d'y assister.

Le Centre culturel français est en ville. Je descends en voiture, conduis lentement avec mes sandales ; ma robe sera froissée, je marcherai pour retrouver la ligne de ses plis. Je suis partie en avance. Fin de matinée, l'Alger des hommes émerge, s'étire, les dockers eux travaillent depuis longtemps.

Brahim m'a demandé de lui téléphoner après mon rendez-vous, j'attendrai, il attendra, j'ai décidé de m'affirmer davantage, non par choix, mais pour faire revenir le désir ; si nous avons l'impression de nous perdre, nous reconnaîtrons nos chairs dans la nuit. Sans y croire, je tente l'expérience.

Il est impossible de retrouver ce que l'on n'a pas possédé, ou à demi possédé (Brahim le passeur de mes fantasmes).

J'ai photographié le ciel avant de partir, pour me porter chance, Henri Thomas ne devrait pas revenir sur sa décision, mais l'on n'est sûr de rien. L'image polaroïd a capturé l'ensemble du bleu, sans nuage et le battement des ailes d'un oiseau, empreinte du tressaillement, spectre diffus, mais présent.

Dans la rue, je croise les visages et les corps de mes amants brutaux, imaginaires ; s'ils savaient.

Le Centre culturel occupe les trois étages d'un petit immeuble avant la Grande Poste. Le bureau d'Henri Thomas est au dernier. Je me présente à l'accueil. Une femme algérienne m'annonce au téléphone, me demande de patienter, « Il va venir ».

« Il » l'homme, « venir » : sauver ou jouir.

Assise sur un fauteuil en skaï, ma jupe se froissera encore, je suis mal à l'aise. Je regarde les employés travailler, étrangère à leur monde, sortie de mon jardin.

Une carte du Sahara est punaisée sur les murs, une carte de la France aussi, j'essaye d'évaluer la dimension des deux pays, puisque le désert est un pays. Pendant la colonisation, les Français ont effectué des essais nucléaires dans la région d'In Salah, champignons atomiques et cancérigènes s'envolant depuis les sables, retombant sur les palmeraies, les villages, les campements encore des années après.

Il vient (ne sauve pas, ne jouit pas).

Henri Thomas.

Ma jupe, mon sac à main, mes lunettes de soleil, mes talons, panoplie d'une Michèle Akli que je ne reconnais pas.

Avoir un travail contre l'ennui et se délecter parfois de cet ennui, les heures qui passent n'existent pas quand on les admire passer, les saisons reviennent, ressuscitant la précédente, éternité de la nature, quand nous, humains, nous nous abîmons. Personne ne restera, d'autres reviendront.

Henri Thomas est grand et blond (cliché), porte une chemise à rayures dont il a retroussé les manches, un pantalon blanc, ses poils clairs, ses épaules, le ventre un peu en avant, le visage carré, il est fort, je le sens, d'une force étrangère à celle de Brahim, il est libre.

Sa main dans la mienne, nous nous saluons, mon contrat n'est pas prêt, nous repartons vers ma voiture, si cela ne me dérange pas de nous conduire en direction du lycée français.

Trop grand, assis près de moi, les cuisses, les jambes, les poignets, trop grave est sa voix.

Il est tombé amoureux de l'Algérie il y a trois ans, tenait à y travailler, attendait son poste avec impatience. Il est marié à une Française, deux petites filles ; il a mon âge ou un peu plus, je ne sais pas donner d'âge aux hommes, je ne les connais pas assez.

Il éclate de rire, à chaque fin de phrase, bonheur inouï, surprenant d'un homme heureux, et moi crispée au volant.

Seule Catherine a occupé sa place passager, ma voiture est familiale, domestique, destinée à mon fils, aux cagettes de légumes et de fruits, aux cartons de lait, aux bouteilles de Saïda, de vin, à Bruce parfois.

Embouteillages dans le centre d'Alger, je remonte vers le lycée français par les petites rues, Henri Thomas raconte son Algérie, la particularité des habitants, fiers, la beauté de la capitale, la grande nature qui n'existe pas ailleurs, il a pourtant voyagé, en Asie surtout, n'y a pas retrouvé l'entêtement de l'Algérie ; parce que la nature ici est empreinte de l'histoire des femmes et des hommes, bastion qui trouve en lui les armes pour se défendre, le sang pour vivre. Cette nature est chair et peau, avant la pierre, avant la terre.

Si les soldats de la milice nous arrêtaient, contrôlaient nos papiers d'identité, ils nous accuseraient d'adultère, nous puniraient.

Le Français et la Française.

Si Catherine me croisait en voiture, elle penserait que je trompe Brahim à son usine, au travail.

Si mon mari me voyait, il se féliciterait de me voir changer, m'ouvrir aux autres et quitter mes chagrins.

Si Erwan me surprenait, il penserait que cela ne le dérangerait pas de changer de père ; seules les mères comptent à vie.

Si Bruce nous rencontrait, elle s'imaginerait en Henri Thomas.

Le lycée Descartes, ex-Fromentin, base du général de Gaulle, son ancien bureau est la bibliothèque dont je vais m'occuper. Marcher dans les pas de l'histoire quand je me perds dans celle de mes divagations. Je me sens petite dans l'immensité du temps, de la guerre, de la paix, de l'impossible réconciliation des êtres.

Je me gare à l'entrée principale. Henri Thomas salue le gardien, le connaît. Vision de Catherine et du gardien de Shell et impression d'une répétition, prisonnière des actions des autres, incluse dans une aventure qui ne m'appartient pas, dont je ne peux m'enfuir, passive assistant à son dénouement.

Les élèves sont en cours, nous entrons dans le parc, forêt enchantée d'un conte, la végétation a poussé en liberté, envahit les allées, les murs des bâtiments des classes, somptueuse et nerveuse, elle ondule en bananiers, cactus, baobabs, magnolias, cerisiers, la forêt a ses points de ralliement, la zone des futurs bacheliers, zone moderne, construite dans les années cinquante, la zone des plus jeunes, répartie entre une ancienne chapelle et un petit palais maure.

Erwan évoluera dans ce lieu parfait, la beauté pulsant le savoir, éveillant les esprits, il se fera de nouveaux amis, grandira, apprendra, deviendra le jeune homme dont je perçois la promesse. Je ne parviens pas à me représenter Bruce à ses côtés, retirée du tableau, effacée.

Madame Kuster, la principale. Nous visitons avec elle le petit palais, son patio, deux étages le surplombant, dix classes par palier, elle ouvre la bibliothèque, salle de bal, lustre massif, boiseries, plafonds ornés, sol en mosaïque, rotonde envahie à l'extérieur par des grappes de roses surnaturelles. Des élèves travaillent. Les murs de livres, guets de la pensée.

Nous regagnons le bureau de la principale, Henri Thomas s'absente, il cherche un poste de téléphone, doit appeler la villa, les ouvriers.

Je remplis un formulaire, mon adresse, mon numéro de téléphone, de sécurité sociale, ma nationalité, la banque où sera versé mon salaire, en francs, il me faudra ouvrir un autre compte, à mon nom, différent de celui de mon mari.

L'argent et la sensation de trahir Brahim. Je partagerai, mon salaire servira à nos rares voyages, aux cadeaux d'Erwan, à acheter des vêtements que l'on ne trouve pas dans les magasins d'Alger, argent du plaisir qu'il faut dépenser puisque nous ignorons tout du plaisir, usés à la contrainte, au tourment, usure qui nous donne l'illusion d'être protégés du mal s'il survenait.

Madame Kuster, lunettes épaisses, chemisier en nylon, jupe mi-longue me contactera dès mon contrat récupéré, le Centre gérant l'administration du lycée.

Sur son bureau, des carnets de présence, des dossiers d'inscription, l'organigramme des classes de la prochaine rentrée.

Je lui annonce, fière, que mon fils Erwan sera en sixième cette année.

Madame Kuster me demande si j'ai un désir particulier. Des classes sont plus « arabisantes » que d'autres, certains parents français ne tenant pas à mélanger leurs enfants aux Algériens de souche.

Je la remercie, mais je ne me sens pas concernée. Je lui confie cependant nourrir une exigence, celle de retirer mon fils, Erwan Akli, de la classe d'une élève, Amina Bousba.

L'odeur du jasmin dans la ville.

Sachant que nous vivons à Hydra, Henri Thomas me demande de le déposer, non loin de chez nous, à sa villa en travaux. Vers les hauteurs, la voiture comme propulsée par un moteur supersonique ; je conduis vite.

J'ai séparé Bruce de mon fils, vision de poussière et de sang, d'atomes tournoyant dans l'espace, fragments d'astres dans la Voie lactée.

Henri Thomas m'avertira bientôt pour le contrat, nous nous retrouverons à l'hôtel de Zeralda, occasion de rencontrer mon fils et mon mari dont il connaît déjà la voix au téléphone. L'eau de la piscine est chauffée, ce sera une belle journée.

L'homme heureux ne m'est pas destiné.

Dans l'enclos, une seconde gazelle de Thomson. Je descends de la voiture, m'approche du grillage. Les gazelles reculent puis viennent à moi, dociles, elles lèchent ma main. Confiance des animaux qui me fait penser à la confiance que m'accorde mon fils, il pourrait me suivre aux limites du monde et des océans, sous les fonds de Tipasa, après la frontière du Niger, quand le désert ôte la vie de celui qui s'y perd. Ma seule victoire aura été de lui cacher celle que je suis. Les femmes restent des mères pour leurs fils, reines protectrices, nourricières, témoin de leurs pas, de leur chute, de leur course vers le bonheur ; bonheur dont elles ne seront plus le centre et qu'elles salueront de loin, fières du travail accompli, la douceur est une leçon, les baisers un enseignement, la confiance une clé ouvrant l'avenir.

J'ai donné à Erwan ce que je n'ai pas reçu ou pas su recevoir. Je ne vivrai pas à travers lui, je le regarderai en regardant le ciel le soir, le ciel algérien et ses étoiles mourantes.

La nouvelle gazelle est plus petite, plus nerveuse, elle tourne dans l'enclos, se cogne au flanc de sa partenaire qui la rejette, animal malade, condamné, dans son regard je reconnais le regard de Bruce.

Avec le vin, sur les escaliers de la terrasse, le visage d'Henri Thomas, orchidée d'Asie qui ne grandira pas dans mon jardin, brûlée par les premières lumières.

Brahim est heureux pour moi. Je lui raconte la forêt du lycée, le havre au centre d'Alger, le silence des livres, je lui exprime ma reconnaissance sans parvenir à lui dire que je l'aime, nous ne nous sommes pas étreints.

Me délivrant de ma honte, je lui dis que j'ai séparé Bruce d'Erwan au lycée pour la rentrée, parce que je ne veux pas que notre fils devienne homosexuel.

La folie de cette phrase, les chaînes de ma jalousie.

Le bruit de l'immeuble Shell revient, j'ai mal à la tête, j'imagine Bruce dans sa chambre arracher ses posters de Bruce Lee, déchirer les pages de son carnet, commencer une nouvelle vie de solitude. Elle ne sait pas encore, se fie à son instinct.

La présence d'Henri Thomas dans ma voiture et ma haine des hommes qui ne me désirent pas.

Alger devenue femme recouvre mon corps, mon jardin est dévasté ; ce soir, je n'existe plus.

La chaleur en puissance, le feu a repris au sommet des montagnes, détruisant le bois tendre du printemps, les lignes rouges des braises ondulent, les massifs ressemblent à des volcans en éruption.

Il m'arrive au cœur de l'après-midi, mes vêtements trempés par l'eau du tuyau d'arrosage, d'appeler Catherine. La sonnerie retentit dans l'appartement du parc du diable, la mère de Bruce ne répond pas et si elle répondait je raccrocherais.

Danser devant le miroir et essayer de retrouver dans mon reflet Salomé des flammes ; j'imagine Catherine perdue dans un village, prise au piège qu'un amant éconduit lui aura tendu. Dans le brasier, sa beauté se décompose, ses cendres montent avec les nuages de fumée que je photographie depuis mon jardin.

Par Erwan, je sais qu'Amar est à Alger. Le chien a retrouvé son maître, j'ignore qui commande l'autre, obéit sans protester.

Les mains rouges de cerises, nos bouches gavées du sucre des pêches, des abricots, la haute saison s'annonce, la mer encore fraîche se prépare à l'été.

Bientôt la fin des classes.

Henri Thomas a appelé pour le contrat. Je ne veux plus travailler, m'exécuterai pourtant, devenue à mon tour le chien des hommes : complicité au téléphone entre Brahim et le Français.

L'hôtel de Zeralda est construit en surplomb de la plage de mes étés avec Erwan, parsemée de méduses gonflées d'eau, engluées dans le mazout que les cargos déchargent.

Le Français nous a conseillé de prendre nos maillots, je ne me baignerai pas, je les regarderai, les prendrai en photographie, avec mon Polaroïd, ils seront gênés, Brahim surtout, par le retour de ma folie.

Sa femme instable. Les hommes préfèrent la compagnie des hommes.

Dans la voiture de Brahim, mon garçon à l'arrière, il porte un short, coupé dans un jean, un polo de tennis blanc, l'étoile de Shérif de Bruce, son enfance demeure, moue pensive, cheveux décoiffés, la peau si tendue, déjà brune, les biceps, quand même sortis de leur gangue tendre, muscles virils qui renversent, j'en suis certaine, le corps de Bruce quand elle tente, encore, de le blesser.

Je ne ressens plus de culpabilité, la fille de Catherine trouvera un autre Erwan, le vampire sait où coule le sang.

La rivière, mon amour.

Henri Thomas nous attend devant l'hôtel, il pourrait en être le propriétaire, fumant avec le personnel, l'homme heureux est partout chez lui en Algérie.

Il dit « fils », « mon gars », « l'ami », s'adressant au réceptionniste, au serveur, à Brahim, à Erwan. Il ne dit pas « femme » quand il me tient la porte, dispose nos transats, commande l'eau, le Fanta et l'anisette.

« Femme », l'esclave.

Nous avons déjeuné à la maison, pizzas de tomates, d'anchois et d'olives noires ; milieu d'après-midi, le soleil est une morsure, je garde ma robe, je ne veux pas me déshabiller devant Henri, retirer ses vêtements en public est plus intime que la nudité.

Les hommes, mon fils, en maillot de bain, au bord de la piscine. Les fesses de Brahim, rondes de muscles, son sexe – je ne sais plus, ne m'en souviens plus. Regret de cette pensée.

Henri est plus grand que mon mari, plus ils discutent, plus Brahim semble s'affaisser, complexe de l'Algérien devant le Français, la beauté de mon mari est une invasion et pourtant elle disparaît. Force de l'homme libre, heureux, un peu ivre sur l'homme qui ne sait pas nager.

La piscine n'est pas fréquentée, aucun touriste dans l'hôtel, aucun touriste en Algérie.

Autour de nous les bras des bougainvilliers qui cachent la plage publique.

L'enclave.

J'entre à l'intérieur de l'hôtel, cherche un endroit où me déshabiller, petite pièce exiguë que je verrouille, ma robe tombe à mes pieds, ma peau me révulse, sans caresse depuis longtemps, elle semble s'être décollée. Comment Henri Thomas me regardera ? Avec indifférence sans doute.

Maillot de bain une pièce, je saisis Erwan en bouclier, me tenant derrière lui quand Henri Thomas s'avance vers moi, me donnant le contrat avant d'oublier.

Sous l'eau, je disparais.

Les hommes qui fument, parlementent, boivent.

Erwan saute du plongeoir, fait des bombes, recommence, aimerait descendre à la plage, je refuse, il est en colère, je ne sais pas pourquoi.

Il s'ennuie.

Un hôtel sans client et nous qui jouons à la comédie de l'amour et à présent à celle de l'amitié. Henri prend Brahim par les épaules, ils évoquent l'avenir du pays, les religieux, le gouvernement, Henri n'est pas inquiet, l'Algérie est une grande nation, son peuple est insoumis.

Les bulles du Fanta orange explosent dans ma bouche.

La peau tannée d'Henri.

Le grand voyageur.

L'époux sans femme ni enfant avec lui.

Le maillot de bain court, la frisure des poils, le corps bien fait malgré le ventre un peu fort dont on devine les abdominaux.

Les épaules bâties dans la jeunesse.

L'homme qui aime la vie, les choses de la vie.

Le célibataire provisoire.

Henri Thomas aime la beauté d'un pays, de ses femmes, ignorant la mienne, l'intouchable Madame Akli.

Le ciel jaune, un orage se prépare, il éclatera dans la nuit. Le jour descend. L'eau de la piscine derrière mes lunettes de soleil, elle est sombre ; des alligators, des serpents, des piranhas nous y attendent dans le fond.

La violence de mes pensées égale à la violence de mon malaise.

Erwan : « J'ai prévenu Bruce hier, que nous étions ici, elle va venir, avec sa mère, on va s'amuser dans la piscine. »

Deuxième trahison après la crique. Et si mon fils se vengeait, par prémonition, de l'avoir séparé de Bruce dans sa classe de lycée ? Je lui souris, lui réponds qu'il a bien fait d'avoir invité son amie.

Henri et Catherine. Je retire de l'image Brahim, il ne fait pas partie des personnages.

Elle arrive déjà changée. Son bikini de la crique, un paréo rouge autour de la taille, le collier de corail tombant aux seins, pierres protectrices de sa grâce. Elle marche pieds nus sur les dalles, s'enroule à moi, tarentule, me baisant une seule joue. « Je t'ai retrouvée » doit-elle se dire.

Bruce se précipite dans la piscine, garde son tee-shirt, elle a dû changer, sa poitrine se dessiner, à peine, juste assez pour la remarquer ou qu'elle en soit gênée. Erwan la rejoint ; les amis, les inséparables.

Catherine est présentée à Henri Thomas. Il sourit. L'évidence des hommes. Elle ne s'attarde pas, rejoint Brahim, heureuse de le retrouver. Il va lui chercher un verre, un transat ; l'homme chien.

Amar n'a pas pu venir, du travail à terminer, ils aimeraient bien nous revoir, un pique-nique à la plage les jours qui viennent, cela lui ferait plaisir. Je lui ai manqué. Je ne la crois pas.

Sa beauté elle m'a manqué.

Elle dit la vie quand je raconte la fin des jours.

Elle dit la folie quand je dissimule la mienne.

Brahim se rapproche de moi, marque une distance, Catherine ne lui plaît pas, et même si elle lui plaisait, il se consacre à son épouse, à son fils, à son ménage. Henri plonge, Catherine ne le regarde pas. Elle fixe notre couple d'un air étrange ; mépris ou curiosité, elle qui ne sait pas rester auprès d'Amar, cherchant peut-être en nous la réponse à sa question : peut-on traverser sa vie avec la même personne ?

Ils sont arrivés tard, exprès, repartiront bientôt, elle désirait seulement se montrer, qu'Henri Thomas sache son existence, disparaissant pour qu'il la traque dans la ville, aux abords d'Hydra, sous les pilotis de l'immeuble aux meurtrières.

Ma paranoïa et ma poésie, les fleurs nous observent.

Catherine ne se baigne pas. Assise sur le plongeoir, les jambes dans le vide, les cheveux au dos, elle tend son visage vers le ciel qui la juge. Je la prends en photographie, un halo bleu encercle sa silhouette en contre-jour.

J'ai le droit de me garer sur le parking du lycée. Je viens déposer mon contrat à Madame Kuster. Escorte d'eucalyptus et de mimosas. La forêt a changé, sèche, broussailleuse, les terrains de sport en contrebas sont déserts et sans cri, le lycée s'est vidé de la majorité de ses élèves, laissant les futurs bacheliers passer leurs examens.

Seule remontant vers le bureau de la principale, je redeviens la jeune fille des années cinquante qui croyait en l'aventure et au voyageur du désert.

Ici l'air de la France, inconscient, rapporté par les professeurs en coopération qui repartiront après leur mission vers un nouveau continent, incapables de se fixer, de rentrer au pays, la métropole.

L'entrevue est rapide. Madame Kuster est pressée, elle parcourt mon contrat, le signe, le range dans un dossier qui porte mon nom et mon prénom.

Avant de nous quitter elle précise avoir fait le nécessaire pour mon fils et Amina Bousba. La quittant ainsi, je ne veux plus la revoir.

Mes soirs de honte et de regrets.

Mes carnets de la honte.

Aucun vin ne peut ensevelir, aucun mot ne peut réparer.

Catherine me téléphone tous les jours, m'attend devant l'école, m'invite à l'immeuble Shell, le parc est plus frais que mon jardin. J'ignore ce qu'elle attend de moi.

L'ennui des femmes expatriées.

Le canapé, du café, une liqueur de poire parfois, je ne veux pas boire d'alcool avec elle, elle inverserait ma force, ramènerait mon désir à sa peau.

Dans le parc, nous marchons avec les enfants, le silence est supérieur à nos mots, nous n'avons plus rien à dire et je tiens mon secret, l'histoire de Bruce et d'Erwan s'achève, si je suis honnête, je devrais avouer qu'elle s'achève avec l'histoire de leurs mères.

L'odeur de son parfum, celle du premier jour dans la crique quand elle était Catherine Bousba et qu'elle me sauvait de ma maladie de la mélancolie. Personne ne me sauvera, pas même mon fils. Je me suis réfugiée dans quelque chose qui me dépasse et qui vient de moi. Je suis mon Alien.

S'il lui prenait l'envie de m'embrasser, je refuserais son baiser. Elle n'en éprouve pas le désir, l'imaginer me fait encore plaisir, mais je n'ai pas de rêve nous concernant, j'accepte ses invitations, à la rentrée elles n'existeront plus.

Savoir l'effacement avant les autres. Erwan est plus attaché que je ne le croyais à Bruce. Il sera déçu. Elle était son arbre, je refuse qu'il soit sa fleur. Mon fils est plus fort qu'un roseau, plus ancré que les bateaux à la dérive, plus éternel que les magnolias. Ma peau se prolonge en lui, il me fera vivre ce que je n'ai pas vécu.

Amar parfois se joint à nous, il raconte ses voyages car il ne voyage plus. Catherine aura posé ses conditions. Il dit l'île de Pâques et les statues mystérieuses, les masques du Bénin, les femmes guérisseuses des Philippines, les cuivres du Mexique, les routes perdues du Chili. Il est sans océan, sans horizon, attaché à ses dossiers, à sa famille, à son ennui, Catherine le quittera.

Catherine me voit pour Henri Thomas peut-être. Elle l'évoque parfois, pour la bibliothèque, mon nouveau travail, dont elle me félicite, elle exagère et sait que je sais. Elle ne s'informe pas au sujet du Français, prononce son prénom une ou deux fois et se tait.

Ils se voient dans mon dos. Je n'ai aucune preuve. Je l'écris pour que cela existe.

Son visage quand je la quitte n'est même plus un souvenir, écrasé par le soir d'Alger sur les marches de l'escalier de ma terrasse, comme le mien, n'existe plus.

J'accepte l'invitation de Catherine, la journée à la plage de Moretti, pour Erwan. Ce sont ses derniers jours avec Bruce, il ne le sait pas, moi je le sais.

La glacière, répétition des œufs durs et du poulet, des fruits et du vin frais.

Les beaux jours sont la renaissance du plaisir fabriqué, trafiqué comme les fantasmes de mes amants brutaux.

La plage est sale, l'eau de la mer fait mal, les récifs sont coupants, la beauté de la nature est une invention.

Nous possédons tant d'outils pour arranger et habiller la brutalité de la réalité.

La plage est un remède à l'ennui. Le désir disparu, rien n'apparaît.

Brahim, sa main en dehors de la vitre baissée, livrée au vent, à la vitesse. Nous avons pris ma voiture, j'occupe le siège passager, mon corps sur le corps de Catherine, mon corps sur le corps d'Henri Thomas. Il n'est pas invité.

Moretti à douze kilomètres de la capitale, plage des bourgeois algérois et des garçons voyous qui plongent des rochers.

Sur le radiocassette, *Rockcollection*. Nous chantons l'histoire de la jeunesse heureuse. Je pense aux petits joueurs de football de rue, aux garçons d'Algérie qui n'ont plus de larmes à force de voir leur père pleurer. La révolte viendra de la tristesse du cœur. Sans amour, sans espoir, la vie ne se vit pas.

Moretti. Le vent s'est levé. Catherine a trouvé un abri contre le mur qui sépare la plage de la route. Nos parasols forment une cabane, Amar a trouvé des pierres pour les caler.

Bruce dansant dans les tornades du vent, elle est devenue Salomé, elle sera sacrifiée. Erwan la rejoint. Sa grâce, nouvelle, est à contretemps de celle de Bruce. Il ne sait pas danser ni s'inscrire dans la lumière du soleil. J'ai supprimé Bruce pour sauver mon fils plus fragile.

L'Atlantide.

Je regarde la mer, y reposent les êtres que nous étions. Les ruines romaines sont nos maisons. Nos corps sur la plage sont les jumeaux des corps engloutis. De siècle en siècle nous recommençons l'histoire de nos défaites, de nos erreurs, sans nous repentir.

Le vin.

Les enfants dans les vagues ne s'éloignent pas du bord.

Brahim et Amar, les hommes algériens.

Mon mari se tient droit, le Français est absent.

À qui pense Catherine assise à l'ombre, recroquevillée, méconnaissable ?

Le vin.

Elle me sourit. Elle a peur pour les enfants.

Je m'approche du rivage, les rouleaux ne sont pas puissants. Erwan et Bruce, les gazelles de Thomson.

Amar ne peut plus voyager. La milice a fait une enquête sur lui. Il est soupçonné d'espionnage.

Le vent couvre nos voix, je crois entendre Catherine, mais je ne l'entends pas. Je lui invente des mots doux, des regrets, une déclaration. Je sais réparer mon cœur. Bruce me ressemble. Elle deviendra l'oiseau hors de sa cage.

Amar court vers la mer, plonge sous l'écume, disparaît, ressurgit au loin, il est bon nageur, Catherine ne le surveille pas, l'admire, son homme est un homme véritable.

Le vin.

Nos enfants ont froid, ils se roulent dans le sable, se chevauchent comme l'été a chevauché le printemps.

Dans mon jardin, les plantes sont envahies par les racines quittant la terre, grimpant aux troncs des arbres, cherchant la lumière. Je crois en la fin de notre monde.

Amar veut quitter le pays, il ne craint rien pour lui, mais pour Bruce et Catherine. Il a postulé. Il attend un poste à l'étranger.

Sans Catherine dans l'immeuble Shell, mon jardin n'existera plus.

Bruce et Erwan se battent dans le sable, l'un allongé sur l'autre, ils miment et reproduisent la photographie du livre, l'homme sur la femme, en noir et blanc.

Amar croyait en une Algérie nouvelle, il faudra du temps, pour bâtir un avenir, rassembler le peuple, l'unir à ceux qui gouvernent, il faudra un homme providentiel, un miracle, le soutien de l'Occident, la terre perdue est une terre que l'on renie, oublie, la France a abandonné ses enfants martyrs.

En vivant près de l'ambassade de France, la famille Bousba pensait pouvoir se sauver passant par-dessous le fil de fer barbelé. Nul ne les sauvera. Les mariages mixtes sont les mariages des traîtres.

Bruce seule dans la mer, sur son matelas pneumatique, ramant vers le large. L'avenir lui appartient. Elle gagnera sa partie.

Le vin.

Catherine a froid, ne quitte pas sa robe, ses chaussures. Nous devrions partir, rentrer. Notre maison nous attend. Je veux m'endormir dans les bras de Brahim, et si nous ne jouissons pas, je veux faire le rêve de notre jouissance.

Bruce sort de l'eau, revient en courant : un homme se noie.

Nous entendons « À l'aide, à l'aide ».

Sur le bord, un groupe de garçons, appelant, criant, suppliant le nageur de revenir. Ils n'osent pas s'engager dans les rouleaux.

L'enfer de la mer.

Les falaises inertes, la nature ne peut rien pour les humains.

Amar court, plonge, un homme le suit, Brahim reste assis, il ne sait pas nager. Il allume une cigarette.

Je ne distingue plus Amar. La mer est mauvaise. Les vagues ont tout pris.

Sur une ligne, Catherine, Bruce, Erwan et moi. Une femme, une fille, des amis. L'amour, provisoire, surgissant du danger.

Au loin, trois hommes se battent contre la mer. Amar, l'inconnu qui l'a suivi, le noyé. Qui reviendra ?

Pour la première fois, je prends Catherine, Bruce dans mes bras. Le vent, le sable, nos peaux blessées. À son tour Erwan me serre. « De quoi devrons-nous nous consoler, mon fils ? » Je me tais.

Ils reviennent. Le groupe de garçons sort le corps du noyé hors de l'eau, sur leurs épaules, dans leurs mains, ils le déposent sur le sable. Amar et l'inconnu les rejoignent.

Nous formons un cercle, comme les pierres qui entourent le tombeau de la chrétienne du Chenoua. L'homme est un jeune homme. Les garçons récitent des prières. Bruce se tient en dehors du cercle, un pas en avant. Elle tient la main de son père. Un filet de mousse coule de la bouche du mort.

Les garçons l'emportent vers la route en courant.

Amar dit : « On a essayé, c'était trop tard. »

Nous regagnons notre place, sous les parasols, hébétés. Catherine frotte la peau d'Amar avec une serviette.

Brahim dit : « Un Arabe de moins. »

Le silence de la honte.

Je ne comprends pas.

Erwan me regarde, je baisse les yeux.

Je ne comprends pas.

Les Bousba s'habillent, rassemblent leurs affaires. Ils s'en vont.

Ils nous quittent.

Le jardin est délaissé, pourriture des fleurs grillées, fanées, je laisse gouverner le soleil. Il commande à ma place.

J'écris peu. Nulle vérité n'existe à présent. Que pourrais-je raconter, fixer ?

Catherine n'appelle plus depuis le jour de Moretti. Bruce ne vient plus à la maison. Elle est encore proche d'Erwan à l'école, mais ce n'est plus comme avant je crois. Ou alors je me fais des idées. Les enfants ne possèdent pas notre mémoire. Le passé est très vite du passé.

Le vin le soir, Brahim près de moi.

Je ne comprends pas.

Nous ne parvenons pas à nous raconter le jour de Moretti. « Un Arabe de moins. » La haine de soi qui se répand sur les autres comme la glaire du mollard.

Les garçons de la plage les uns contre les autres, leurs jambes fines, leurs bras pendants, leurs ventres creux, des oiseaux regardant un oiseau.

Je hais Brahim.

Je me hais de l'aimer encore parfois, par pitié.

Des fissures dans les marches de l'escalier, j'aimerais y enfouir ma peine et la fin de mon estime, je méprise Brahim.

Je ne peux plus rester, je ne peux pas partir.

Tous les jeunes garçons d'Alger portent les traits du visage du noyé.

Le corps dans le drap de la cérémonie musulmane.

La mère de ce fils.

Je ne comprends pas Brahim.

Chaque nuit, mon mari se tourne sur le côté, relève ses jambes, serre ses genoux pliés avec ses mains et pleure dans le ventre de sa mère.

La fête de l'école. Je m'y rends pour faire plaisir à Erwan. J'avais promis.

L'été est installé, et j'ai froid. Erwan porte une chemise blanche, un pantalon beige, il ressemble à son père, dans ses vêtements, sa démarche ; il ne sera pas lui.

Ma robe à imprimés, mes chaussures rouges, je ne veux pas faire honte à mon fils, j'ai fait un effort.

Devant le grand escalier de son école, les enfants, les parents se pressent ; nous restons un temps dans la voiture, Erwan possède ma timidité, je le comprends.

Nous attendons.

Du rouge à lèvres, du parfum, je me recoiffe. Erwan est prêt lui aussi. Nous montons les marches de l'escalier de son établissement, ce sera la dernière fois.

Des tables forment un buffet, comme celui de Catherine le soir du méchoui. Gâteaux, confiseries, les sucres des enfants.

On a accroché des guirlandes à chaque extrémité de la cour et sur la rampe qui mène aux classes des sections supérieures, dont la dernière, la classe d'Erwan.

Les professeurs, le proviseur, nous nous saluons.

À l'intérieur, le réfectoire a été transformé en salle de bal, souvenirs des mariages, des communions en Bretagne, de femmes qui dansaient entre elles faute de partenaire.

Un second buffet, des bourek, de la tchouk tchouka, des cornes de gazelle, du vin, une jarre de sangria.

Les enfants courent, hurlent, s'amusent. L'école est devenue un autre lieu.

Le ciel de nuit est rayé par des traits foncés.

Les nuages passent sur la lune, quand ils la dépassent, elle semble plus claire, raclée, polie, sans cratères ni nervures.

Les rayons.

Erwan a rejoint un groupe d'enfants. Je ne connais personne, sinon quelques professeurs, le proviseur.

Bruce.

Elle se précipite sur Erwan. Ils s'embrassent puis se repoussent, deux frères.

Bruce porte une blouse bleue à manches courtes, un décolleté à croisillons, un cordon passe dans chaque anneau. Ses cheveux sont trempés. Elle vient vers moi, ma main au front, elle est brûlante, la peau un peu rouge.

Bruce et sa folie ; la folie des autres enfants à présent.

Une chaîne hi-fi, des enceintes ont été installées. La musique est forte, je n'entends pas Bruce quand je lui demande si elle est venue avec Catherine.

Erwan sur la piste saute, il ne sait pas danser.

L'odeur des enfants, l'odeur de l'école, de papier, de gomme, de crayon. Mon fils n'est plus un petit garçon. Je traverse son espace comme si je traversais son enfance. Il ne reste plus rien, à part quelques dessins, des photographies, le temps ce rouleau compresseur m'arrache à Erwan. Mon fils est déjà dans l'avenir et moi je n'y suis plus depuis longtemps.

Je cherche Catherine, nous ne nous sommes plus vues depuis le jour de Moretti.

On me tend un verre de sangria ; les fruits et l'alcool, l'explosion. Je ne veux pas boire, pas devant Erwan, pas ici.

Je préfère le vin.

Les enfants, les parents se pressent sur la piste, Bruce et Erwan s'agrippent, s'entraînent, tombent, se relèvent, jeunes chiots que j'ai séparés. Je ne regrette plus. Le silence de Catherine à cause de Brahim me blesse.

« Un Arabe de moins », sa haine est à la hauteur de sa honte maintenant, et elle était à la hauteur de sa honte sur la plage ; ne sachant pas nager, il s'est senti inutile, ridicule, quand Amar lui, devenait un héros.

Mon mari n'a jamais voulu apprendre à nager. Je me souviens l'avoir porté dans l'eau, léger, soudain féminin et honteux de l'être.

L'honneur des hommes.

Un second verre de sangria. Le goût des mauvais fruits, du mauvais sucre, du mauvais alcool. Je cherche Catherine.

Bruce et Erwan pendus au portique de la cour. Bruce se sauvant, laissant mon fils seul accroché à la barre, n'osant se jeter dans le vide. Je n'interviens pas. Ce sont leurs derniers jeux, leurs derniers combats ; après les grandes vacances ils seront séparés.

Un troisième verre de sangria, je cherche Catherine.

Les hommes et les femmes en tenue de soirée pour la fête de l'école, l'ennui d'Alger, le manque de distraction.

Henri Thomas. Il s'avance vers moi, me demande si Brahim est avec moi ; non, je réponds qu'il était fatigué. Ce qui est faux.

Les poils clairs sous sa chemise blanche ; il porte une veste beige, un jean, des chaussures en cuir ; il n'est pas élégant, il est sexuel. Il est venu seul, connaît le proviseur, a inscrit ses petites filles dans l'établissement pour la prochaine rentrée. Il aime cet arbre au milieu de la cour, de la poésie dans du ciment. Je le laisse.

Dans ma tête, le bruit de l'immeuble Shell, les pilotis qui avancent comme les jambes géantes d'un extraterrestre, descendant d'Hydra vers nous.

Bruce lance de l'eau sur des enfants depuis les lavabos extérieurs, manque de glisser, boit au robinet, une femme la dispute. Catherine.

Elle porte une robe noire, transparente, des chaussures plates. Ses cheveux sont un vêtement. Elle est froide avec moi. Le jour de Moretti sûrement. J'ai envie de l'embrasser, m'approche. Elle recule, m'évite.

La piste de danse. Erwan est sur Bruce, ils jouent au jeu du cheval fou.

Henri Thomas et Catherine Bousba sont ensemble. Ils se tiennent près l'un de l'autre. Amar est reparti, un dernier voyage avant de prendre une décision pour son travail. Ils me sourient tous les deux de loin, regardent dans ma direction sans me voir. J'imagine un trou béant à la place de mon corps.

La musique.

I CAN'T GET NO SATISFACTION.

Quand Brahim me faisait danser, nous tournions autour du soleil.

Sa barbe était douce, son ventre dur.

Je m'accrochais aux épaules de Brahim comme un enfant perdu qu'il protégeait.

Nous nous étions trouvés, nous nous sommes perdus.

Je ne crois pas en l'amour, je crois au souvenir de l'amour.

L'Algérie, notre Eldorado étoilé.

I CAN'T GET NO SATISFACTION.

Je danse seule, il n'y a plus personne autour de moi. Je sors, j'ai chaud, la nuit et son ciel strié. Je monte l'escalier qui mène à la classe d'Erwan.

Je veux voir une dernière fois la table, la chaise, les dessins de mon fils au mur, le portemanteau où il accrochait ses affaires, le tableau où il se tenait.

Les guirlandes clignotantes. La lune. La ville en contrebas et les cargos qui préparent leur départ. La nuit est claire.

Derrière la vitre de la classe, je vois Catherine et Henri. Elle est contre le mur, les cuisses ouvertes, les jambes enroulées aux hanches du Français.

Le jour n'existera plus.

Je descends. Bruce cherche sa mère. Elle pense avoir de la fièvre. Elle a peur, ne se sent pas bien.

« Elle est en haut. »

Je regarde de la cour Bruce prendre l'escalier, longer le couloir, jusqu'à sa classe, je la regarde ouvrir la porte et s'avancer vers la scène.

DE LA MÊME AUTRICE :

La Voyeuse interdite, Gallimard, 1991 ; Folio, 1993. Prix du Livre Inter.
Poing mort, Gallimard, 1992 ; Folio, 1994.
Le Bal des murènes, Fayard, 1996 ; J'ai lu, 2009.
L'Âge blessé, Fayard, 1998 ; J'ai lu, 2010.
Le Jour du séisme, Stock, 1999 ; Le Livre de Poche, 2001.
Garçon manqué, Stock, 2000 ; Le Livre de Poche, 2002.
La Vie heureuse, Stock, 2002 ; Le Livre de Poche, 2004.
Poupée Bella, Stock, 2004 ; Le Livre de Poche, 2005.
Mes mauvaises pensées, Stock, 2005 ; Folio, 2007. Prix Renaudot.
Avant les hommes, Stock, 2007 ; Folio, 2009.
Appelez-moi par mon prénom, Stock, 2008 ; Folio, 2010.
Nos baisers sont des adieux, Stock, 2010 ; J'ai lu, 2012.
Sauvage, Stock, 2011 ; J'ai lu, 2013.
Standard, Flammarion, 2014 ; J'ai lu, 2015.
Beaux rivages, Lattès, 2016 ; Le Livre de Poche, 2017.
Tous les hommes désirent naturellement savoir, Lattès, 2018 ; Le Livre de Poche, 2020.
Otages, Lattès, 2020 ; Le Livre de Poche, 2021. Prix Anaïs Nin.

PAPIER À BASE DE
FIBRES CERTIFIÉES

Le Livre de Poche s'engage pour
l'environnement en réduisant
l'empreinte carbone de ses livres.
Celle de cet exemplaire est de :
200 g éq. CO_2
Rendez-vous sur
www.livredepoche-durable.fr

Composition réalisée par PCA

Achevé d'imprimer en France par
CPI BRODARD & TAUPIN (72200 La Flèche)
en décembre 2022
N° d'impression : 3050424
Dépôt légal 1re publication : janvier 2023
LIBRAIRIE GÉNÉRALE FRANÇAISE
21, rue du Montparnasse – 75298 Paris Cedex 06

83/2527/9